流蘇の花の物語

捨てられ皇子と冬の明星

雪村花菜

富士見Ｌ文庫

目次

イラスト：めいさい

※

よくある話の流れで、傑《けつ》は死にかけている。

皇帝が崩御した後、遺児たちが争い、一人の皇子が帝位に就く。物語として見るならば、この皇子に焦点を合わせると、最低限心の平安を保ったまま読み進めることができる。なぜなら成功者だから。

他の皇子に焦点を合わせるならば、もう少し心を強く持って眺めないといけない。なにせもう死んでいるか、これから殺されるか、利用価値を見いだされて生きながらえるか……と、後ろむきなものしかいないのだ。

では自分はなんなのだろう、と傑は考える。

あえていうならば「利用価値を見いだされて生きながらえる」と「これから殺される」の狭間《はざま》にある。

いや、下方修正しよう。

あった。

今は限りなく後者寄りで、傑は死に近づいている自分を感じていた。とはいえ、明確な殺意を向けてくる誰かが目前に迫っているわけではない。あえていえば、大自然に殺されようとしていた。

雪上に突っ伏し、傑は静かにその時を待っていた。

――寒い。

こんな雪深い日に狩に出た時点で、こうなることを傑は覚悟していた。それでも出なければ、自分だけではなく、ただ一人自分に忠義を尽くすじいやも飢え死にしてしまうところだった。

――寒い……いや、暑い。

俄《にわ》かに暑く感じ、なぜだろうなと思いつつ、傑は着ているものを脱ぎたくなった。のろのろと靴に手を伸ばし、脱ごうとしたところで、脳裏に厳しい女の声が響いた。

――わたくしの息子ともあろうものが、だらしのないことをするものではない！

自身に厳しいのと同様、傑にも厳しい養母の声だった。

傑の手がぴたりと止まった。

ここに彼女はおらず、いたとしてもその言うことを聞く必要もない。なにより、もう養母の言葉に従いたくないというのに、傑は彼女に恥じるような行いをできずにいる。死に瀕《ひん》した今も。

彼女がどう言うかはともかく、服を乱さないほうがいいのは確かだ、と自分に言いきかせるように傑は考える。掘り出された時に見苦しい姿だと、仮にもこの国の皇子だった男として恥でしかない。

団子のように丸まり、我が身をぎゅっと抱きしめた。

――もはやここまでか。じいや、すまない。母上、これから参ります。初めてお目にかかる不甲斐《ふがい》ない息子を、どうか……。

「どうか」の後にどういう望みがあるか、自分でも分からなかった。怒ってください、とか？　あるいは抱きしめてほしい、とか？

――義母上《ははうえ》、あなたに聞きたかった……私が憎かったのですか？

最後に、自らを捨てた養母に呼びかけ、傑はゆっくり意識を失った。

傑の体に、雪が降り積もっていく。

※

次に目を開けたとき、自分を覗《のぞ》きこむ顔があった。辺りが仄暗いせいで、浮きあがって見えるようなそれは、怒っている生母の顔でも、優しく微笑《ほほえ》んでいる生母の顔でもないようだった。

「駄目だよ」

驚き身を起こそうとする傑に、相手は掠《かす》れた声で言う。

母ではない……多分。

多分というのは、産褥《さんじょく》死した生母のことを、傑は絵姿でしか知らないので、確証が持てないからだ。

しかし本当に生母だとしたら、少なくとももう少し年上の女性が現れるだろう。相手は十三歳の傑と同じくらいの年齢に見えた。

まだ夢を見ているのだろうか、それとも死後の世界にいるのだろうか、と思ったところで、じじ、と獣脂が燃える音が耳につく。独特の臭いを感じもした。

それが妙に傑の頭をはっきりさせた。その頭が、これは夢の中でも死後の世界でもないと判断し薄暗いのは天幕の中にいるからだとも。

ふと傑は、身動きがとれない自分に気づいた。

ずいぶんと体が重い。四肢の感覚もなかった。消耗しているから？　いや、それにしては、なにかに押しつけられているような感じもしている。

――まさか、拘束されている？

傑は目だけをなんとか動かして、自分の様子をうかがった。なるほど、大量の布や毛皮に、くるまれているのか。

傑はよほど不思議そうにしていたようだ。相手は傑がなにも問わなくても、疑問に答えてくれた。

「凍傷だからね、体をゆっくりと温めている」

「きみが、たすけてくれたのか？」

重い口を開いて、傑はたどたどしく尋ねた。

「そう。なんで、あんなところに？」

「おね、がいがある……」

「なに？」

「じいやをたすけてくれ……」

あの小さな砦《とりで》で、彼は病に苦しんでいるはずだ。

相手は小さく微笑む。

「あそこにいた人なら、もう大丈夫だよ」

「ありがとう……」

礼を述べてから、これは助けてもらったことがわかった時点で言うべきだったな、と傑は反省する。こんな恩知らずなことをしたと養母が知ったら、きっと怒るだろう。

養母のことをときどき煙たく感じていたのに、離れても「彼女だったらこう言うんだろうな」という瞬間が、傑にはしばしば訪れる。

これは呪縛なのだろうか。

「君の名前は？」

半ば反射で答えた。

「傑……」

この名も養母が付けたのだという。さっき死ねばこの名前からも解放されたのにな、と助けられて早々に、そんなことを思ってしまう。

「わたしは、──」

名乗りは、耳慣れない音だった。

「なに？」

「明《あけ》の星《ほし》という意味だよ、《明の星》」

もう一度同じ音を言われる。意味を知らされると、途端に音は言葉となった。

「《明の星》……」

「そう」

《明の星》はにっこりと笑う。その顔は垢《あか》じみていたが、美しかった。

傑の胸が高鳴りかけたが、完全に鳴る前に相手の喉元の突起に気づいてしまう。傑は唇をきゅっと嚙《か》みしめた。

──男の子、かぁ……。

なんだかとてもしょんぼりしてしまった。

かねて傑は、身も心も可憐《かれん》な女の子と結ばれる将来を夢見る少年だったので、心底がっかりした。

しかし相手は命の恩人だ。この際女の子でなくても……と、価値観を覆してもおかしくないというのに、こゆるぎもしなかったあたり、傑の夢が淡いものではなく、そうとう強固であることは間違いなかった。

――叶《かな》うかなあ……叶うといいなあ。

ここ数か月、「数十年前可愛《かわい》い女の子だったかもしれないご婦人」にしか遭遇したことのない傑は、困難な夢に思いを馳《は》せたのを最後に、再び意識を沈めていった。

一度は死を覚悟したものの、こんなことを考えている時点で、すでに傑は生への渇望を取りもどしていた。

※

傑の回復は早かった。

……と、《明の星》が言っている。

しかし傑には実感がない。少なくとも、今が万全の状態ではないと思っていた。

なんせ傑の指は今、猛烈に腫れて熱を帯びていたのだから。

「痛い……」

と傑が呻《うめ》くと、《明の星》は大いに笑った。

「いいじゃないか、生きているという証拠だよ」

と言いつつ、傑の手を取ると、「ああ、でもこれは酷《ひど》いね」と、自分も痛いとでもいうような顔になった。

「なんだこれは。この前死にかけたことより辛《つら》いぞ」

傑は腫れた指先に対して悪態をつく。

「それは今君が死にかけてないからだよ。忘れるって偉大なことだよね」

達観したように言ってから《明の星》は、「ちょっと待ってて」と、外に出ていった。

ほどなくして戻ってきたが、出る前と様子の違ったところはなかった。

最初傑はそう思ったが、よく見ると、手に小さな袋を持っていることに気づいた。

もしかして特効薬でもあるのだろうか……と、傑は期待の眼差《まなざ》しを向ける。《明の星》は中から白くて細い棒を取りだすと、炉の火で炙《あぶ》りはじめた。もしかしたら、煎じて飲んだら効能がある物なのだろうか。

特に説明を貰《もら》えていないので、傑は自分から聞くことにした。

「なにをしてるんだ？」

《明の星》の説明は端的だった。

「膿溜《うみた》まってるからね、これで出さないと」

それを聞いて傑は、ひえっと息を呑《の》んだ。

ある種の予感があった。

きっと痛い目にあうという予感だ。

「出すって、出すって……どういう」

「プスッて開けて、絞りだすってこと」

《明の星》はこともなげに言うが、傑は騙《だま》されなかった。

「絶対痛いだろ！」

「そりゃあね」と肯定はした《明の星》だったが、深刻そうな顔つきで「でも」と続ける。

「指が落ちるよりましでしょう。せっかく無事で済んだのに、それをどぶに捨てるような真似《まね》をするのかな？」

「お、落ちるのか」

「放っておけばね」

傑はたいへん真面目な性質の持ち主だったので、指が落ちるよりは苦痛を我慢するほうを選ぶことにした。

「……あちっ、うん、もういいかな。はい、手を出して」

しかし、迷いがある。傑は棒の方を見たり、あるいは顔を背けたりと落ち着かない様子で、しかし手だけは素直に差しだした。その腫れている部分を細い棒が突いた。そう、

「突き刺さった」ではなく、「突いた」。

そのまま容赦なくぐりぐりと押される。ついさっきまで熱せられていたはずなのに、痛みのせいでそれは感じなかった。

「あーっ！」

傑は身も世もなく叫んだ。もう顔を背けるどころではなく、《明の星》のほうを向いて、力一杯手を引こうとした。相手が命の恩人でなければ、逆の手でぶん殴っていたところだ。

一方の《明の星》は、まるで緊迫感のない声だった。

「あ～、中に入っていかないねえ」

声とは裏腹に、傑の手首を摑《つか》む力はものすごく強い。おかげで傑は、手を引っこめることができない。やっぱり《明の星》は男の子なんだなと実感したが、今さらそんな機会を求めていなかった。

傑は涙声で抗議する。

「なんで棒なんだ！　針を使えよ！」

「いや、これ針だよ」

「太すぎだろ！　というか、これなんで出来てるんだ？」

傑にとっての針とは、後宮の女たちが刺繡《ししゅう》で使う鉄で出来ているものや、太医《たいい》が治療で使う銀で出来ているものだ。

だから、間違っても白くないし、なにより両方とも先端に触れただけで刺さるようなものである。

《明の星》はさらりと答える。

「骨だよ。物を知らないねえ」

その瞬間、針とやらは傑の腫れている箇所に、ようやく突き刺さった。

傑の口からはもう抗議ではなく、苦悶《くもん》の声しか漏れなかった。

「ほら、あと少しだから。もう泣かない」

容赦なく膿を絞り出され、傷口を酒と火で清められたあと、布を巻かれた。傑はその手を抱えて、情けない声をあげた。

「こんな目にあったのは初めてだ……」

「瘭疽《ひょうそ》、なったことないの？」

「ない……なんだそれ……」

しょぼくれる傑の横で《明の星》は、針を丁寧に拭いて小袋にしまう。

「傑はきっと大事に育てられてきたんだねえ。今なっちゃったのは、まだ体が回復の途中で弱っているからじゃないかな」

《明の星》にそう言われて、傑は心に誓った。

「早く健康になる……」

「その意気だ」

《明の星》は、ははと笑った。

「でもさっきみたいに叫ぶほど元気なら、そろそろ君の連れのお見舞いに行くくらいはできるんじゃないかな？」

その言葉を聞いた傑は、うつむいていた顔をバッと上げた。

「行く！」

つい先日まで死にかけていた傑より、別の天幕で保護されているじいやのほうが回復が遅かった。傑はそれが心配で心配で仕方がなかった。《明の星》から容態を教えてもらっていても、だ。

かくして傑は、じいやが療養している天幕に向かうことになった。

防寒のためにぐるぐる巻きにされているため、手を引かれて歩くというより、《明の星》に転がされてといったほうが近い。

辿《たど》りついた先で天幕から出てきた老人が、驚いたというような声を出す。

「あンれ、もう動けるのかい？」

「そうそう」

《明の星》が頷《うなず》くと、老人は感心した声をあげた。

「二人とも若いねえ」

「え、私と《明の星》が？」

そりゃあ二人とも確かに若いが、それだと話の流れ上おかしい。

「いや、あんたと、今寝てるお人……」

「あっ、じいやのこと？」

この人から見たら、じいやだって「若い」の範疇《はんちゅう》に入るらしい。

《明の星》が、傑に囁《ささや》く。

「このばあちゃんが、お連れさんを看病しているの」

見た目や声では性別が分からなかったが、女性であることが今判明した。

「あっ、お礼を述べるのが遅れて、大変なご無礼を……！」

言いながらまじまじ見ると、なんとまあ以前会ったことがある相手だ。頬のシミに見覚えがあった。

先日会った、「数十年前可愛い女の子だったかもしれないご婦人」である。傑は驚いて声をあげた。

「ご婦人、こちらにお住まいの方だったのですか。その後お元気でしたか」

ご年配の女性は傑の夢を叶えてくれる存在ではないが、礼を尽くす対象ではある。じいやの看病をしてくれている人ならば、なおさら。

「あン？」

怪訝《けげん》な顔をされたが、彼女の耳が遠いせいなのか、風がびゅうびゅう音を立てているせいなのかわからない。

傑は大声で言いなおしたが、大口を開けて呼吸したせいで、冷たい風に喉を焼かれて、噎《む》せてしまった。

なんとか言いおえたものの、ごほごほと咳《せ》き込む傑の背を、《明の星》が撫《な》でる。

「耳元で言えばいいんだよ。君って、冬を分かってないね」

しかし傑が喉を犠牲にした甲斐《かい》あって、今度はご婦人の耳に声が届いた。傑の言葉に、ご婦人は「あンれ、やだよー！」と肩をばしばし叩《たた》いてきた。

「ご丁寧に『ご婦人』だなんて！　あたしにそんなこと言ってくるのなんて、あんたたちくらいだよ！」

それって嫌ってことなのかな……と、とまどう傑が《明の星》のほうを見ると、彼は「喜んでるんだよ」と言ってくれたので、少し安心した。

「そうだ、ばあちゃん、針返すね」

「おう、そうだった。お兄ちゃん、指はどうだね？」

「あ、はい、おかげさまで……」

おかげさまで痛い目にあいました、なんてことは口が裂けてもいえなかったので、傑は痛かったほうの手を振りながらあいまいに返す。実際さっきよりは痛みが引いている。皮膚の内側から圧迫してくる膿がなくなったからだろう。

「大事にすんだよ」

ご婦人は傑のその手をとると、優しく撫でてきた。

「ご婦人……」

傑は不覚にも目頭が熱くなった。といっても、ご婦人に胸をときめかせたわけではない。そこまで無節操ではない。

だが傑は、ここしばらく人の優しさに触れるどころか、人自体に触れることも稀《まれ》になってしまっていたせいで、人情に対する感受性が強くなっていた。

「人って、あったかいんですね……」

傑の手はもちろんぐるぐる巻きにされているし、ご婦人だって素手ではないので、ここで言う「あったかい」というのは、もちろん比喩である。

「あ、泣くんじゃない！　凍るから！」

「うあ、はい」

《明の星》の叱咤《しった》を受けて、傑は無理やり涙を引っこめた。

「ほら、いつまでもここに突ったってないで」

《明の星》に背を押されて中に入ると、天幕に用いられている毛皮が、風に打ちつけられている音が響く。びゅうびゅうという音の合間に、バタバタとか、あるいはドババババ！という音が混じっていて、ずいぶんと騒がしかった。

それほど広い房ではないので、室内なのにすぐに、もこもこに包まれたじいやの姿が目に飛びこんできた。傑が思っていたよりも血色がよく元気そうに見える。

天上に顔を向けている彼は、目を閉じている。寝ているのか起きているのか確証が持てず、傑はそっと声をかける。

「じいや？」

その瞬間、カッと目が見開かれた。

あまりの迫力に、傑は思わずのけぞった。「わっ」と、傑の背中に手を当てていた《明の星》が声をあげる。

「すまない」

《明の星》に謝罪すると、その声を聞きつけてかじいやの顔がギュン！ と傑のほうを向く。今度は傑だけではなく、《明の星》ものけぞった。

傑の姿を認め、ただでさえ皺《しわ》だらけだったじいやの顔が、くしゃくしゃになる。

「傑、さま……？」

これまでの勢いと異なり、その声は弱々しかった。

「ああ、そうだ」

彼の枕頭《ちんとう》に屈《かが》みこみ、傑はその手を握る。その手を握り返す力は、声よりはずっと強かった。

「おお、おお……」

じいやは、傑の手を撫でながら喜びの声をあげる。

「あ、すまない。こっちの指を傷めているから、そんなに強く握らないでくれないか」

くどいようだが、さっき《明の星》に排膿《はいのう》されたばかりである。

「おお、申しわけありませぬ」

じいやがぱっと手を離した。代わりにまじまじと傑の顔を眺める。

「いささかお痩せになりましたなぁ……頑張られたのですなぁ……こんなに、お元気なお姿になって……」

涙でその後はなにも言えないようだった。

傑もなにやら目頭が熱くなった。自分の無事をここまで喜んでくれる相手がいることに、大きな喜びを感じた。

《明の星》が声をあげる。

「彼、本当に頑張ったよ。だから今ここまで元気なのは奇跡だよ」

奇跡というのは、傑もそう思う。

凍死しかけたのに、手足も鼻も凍傷で失うことはなかった。左足の小指が動かなくなったが、それくらいは安いと傑は思う。

だからいっそ武勇伝くらいのつもりで、左足の小指のことをじいやに語った。

結果として、じいやは泣いた。

傑の足に縋《すが》りついて、おんおん泣いた。

もちろん感動の意味でではない。傑は予想していなかった反応に困りはて、しばらく黙って縋りつかせておくだけにしていた。

ひとしきり泣かせてから、傑は「もういいか？」と言って、足を引きぬこうとするが、じいやは離れようとしない。

「よもやこのようなことになるとは！　あの方がお知りになれば、さぞお嘆きになるに違いありませぬ」

あの方、というのは養母のことである。

じいやの言葉に、傑は苦笑した。「そうだろうか」と言ったら、彼からこっぴどく叱られそうだからだ。

十三年育てられてきた自分が信じられていないというのに、付きあいが皆無であるはずの彼は養母のことをずいぶんと信じているようで、傑にとってそれはとても不思議なことだった。

「まあ、もしかしたらそのうちまた動くかもしれないからさ、ええと、じいやさんだっけ？　そんなに気を落とさないで」

《明の星》がじいやの背中を撫でて、たぶん言っている本人もそう思っていない慰めの言葉をかけると、じいやはようやく落ちついたようだった。「離れた」というより、「剝がれた」という表現のほうが正しい気がするくらい、べったり貼りつかれていたので、傑はちょっとほっとした。

「そうだな、そうだなあ……」

じいやは納得したわけではなく、納得しようとしているという風情だった。十歳くらい老けこんだ様子で、胸が痛くなる。

傑は改めて《明の星》に頭を下げる。

「じいやのことも、改めてありがとう」

もう何度も述べてしまって、口癖みたいになってしまっている礼に、傑はもどかしさを感じる。どうやれば恩に報いることができるだろうか。

それにしても、砦《とりで》の近くで遊牧している部族がいるとは知っていたが、狷介《けんかい》な人々なのだと思っていた。この優しさはどういうことだろう。

裏があるのかなとは、何度か思っていた。だがあったとしても、利用されるとしたら恩に報いる機会になるだけのことだと考え、気にしないようにしていた。

しかし《明の星》がさらっと言ったことが、傑の疑問を解決するきっかけとなった。

「いいって。君たち夏の終わりごろにうちのばあちゃんを、助けてくれたでしょう？　お互いさまだよ」

「ばあちゃん？」

「さっきの」

と言って、《明の星》は入り口のほうを示した。ご婦人は所用があると言って、傑たちと入れちがいに出ていったのだった。

「ああ！　そうだったのか！」

多分これは、聞かれなかったから答えなかっただけの類のもので、傑が聞いていたら《明の星》は教えてくれた気がする。

《明の星》はいたずらっぽく笑う。

「わたしはばあちゃんの若いころによく似ているって言われてるんだけど、今会って気づかなかった？」

その顔はなかなか可愛《かわい》い。

なるほど、あのご婦人は「数十年前可愛い女の子だったかもしれないご婦人」ではなく、「数十年前可愛い女の子だったご婦人」だったようだ。

しかし気づいたか気づかなかったかでいえば、全然気づかなかった。言われた今でも「そういえば」とか「確かに」とかさえ思えない程度に、面影を感じられなかった。

「すまない……ぜんぜん分からなかった」

もしかしたら祖母と孫が隣に並んでいたときによく見比べていたら、気づいたかもしれない。だが、さっきの傑にそんな心の余裕はなかった。

「しかし……私たちは、沢で腰を痛めている彼女の荷物を、持ってあげたくらいの覚えしかない。『お互いさま』という言葉に見あわない。厚意に甘えるだけというのは、誇りに背く姿勢だ」

真面目くさって言う傑の顔を面白そうに見た《明の星》は、ちょっと皮肉げな声で言った。

「でも、君、なにか返せるようなもの、持ってる？」

傑は「ぐ」と言葉に詰まったが、すぐに言いかえした。

「仮にこの命を差しだせと言われても、言うとおりにしよう！」

むきになった傑を、じいやは呆《あき》れたような微笑《ほほえ》ましいような顔をして見ていた。

「いやあ、傑さま、それは……」

《明の星》はというと、こちらは完全に呆れた声だ。

「苦労して助けたのに、なんでその苦労をどぶに捨てるようなことをしなくちゃならないのさ」

「ぐ」

傑はまた言葉に詰まった。

「まあでも、お礼というなら」と、ここで《明の星》が助け船を出してくる。

「話を聞かせてほしいんだよね」

「話？」

《明の星》は楽しげに頷《うなず》く。

「そう！　ここは娯楽がないから。君たちのことって、絶対刺激的だと思う。ある日小さな砦にやってきた、人品卑しからぬ少年と、老人。君たちって何者？　どういう訳ありなの？」

傑はじいやと顔を見あわせた。

「……刺激的ではあることは保証する。だが信じてもらえるかどうか。楽しめるかどうかもまた別だ」

「それはわたしが決めることだよ。それで面白いとわたしが判断したら、うちの部族に話して一冬の娯楽にするつもり」

「なるほど」

傑はじいやに向けて一つ頷く。じいやも頷き返してきた。

そして傑は、《明の星》に向けて、重々しく問いかける。

「そうか……ならまず、私がこの国の皇子だったということは信じられるか？」


バタ、バタバタ！

ドバババ！　ドバババババ！

風が打ちつける音が急に耳につく。

突然場に訪れた沈黙のせいであるが、純粋に風が強くなってきたからというのもあるのだろう。

「っは、あはははは！」

次の瞬間、その音に負けないくらいの爆笑が、天幕を揺らした。

意外に笑い方が豪快だなと、傑は思った。「あはは」というより、「だはは」という表現のほうが近そうな笑い方だった。

その笑い声にちょっとむっとはしたが、同時にそのあけすけさに傑の心は少し軽くもなった。

「まあ、じゃあ。これから話すことは作り話として聞いてほしい」

「いいよ、いいよ。これは面白い話になりそう。お茶でも飲みながらやろうか」

※

傑は、皇帝を父としてこの世に生を受けた。ここは明確だ。

しかし母側の事情はもう少し複雑だ。

まず、傑の生母は皇帝のお手つきとなった女官だった。しかし生母は産褥《さんじょく》死し、生母が元々仕えていた妃《きさき》の養子となって育てられることになった。

その養母も妃の中ではそれほど位は高くなく、歴史はあるものの、現在はそこそこの力しか持っていない家の出《で》で、父帝からの寵愛《ちょうあい》も特に受けていなかった。

養母が美しくなかったわけではない。

傑は養母のことを、妃たちの中では一番美しいと思っていた。それは「俺のかーちゃん美人だぞ」というくらいの欲目を含んだ感覚であるが、国中の美女が集まる後宮で育ったのに、その欲目を捨てずに済むくらいには、養母が美しいのは確かだった。ただ、父帝の好みではなかった。

父帝は儚《はかな》げな美女が好きだったが、養母はいつも背筋が伸びた凛《りん》とした女性で、見た目相応に気位が高かった。だから父帝に煙たがられていた感はある。

そして傑にも父帝の気持ちはわかる。自分よりもはるかに年若い娘に注文を付けられるのは疲れるのだろう。

とはいえ、父帝が寵愛していた「儚げ」な美女たちは、実際に儚いなんてことはまったくなく、父帝の目がなければ「したたか」の権化みたいな連中しかいなかったので、父帝の趣味自体はともかく、女を見る目はまったくないなと呆れていた。

自分は父のようにはなるまい、と傑は心に誓ったものだ。将来はそこそこの領地を得て、身も心も可憐《かれん》な女性を妻にするのだ、と。

ないない尽くしのように見える傑の養母であるが、行政能力は高かった。父帝の秘書のような立ち位置を確立し、高級官僚として男装して政務の場に立つことを許されていたくらい、父帝に信を置かれていた。

傑が十歳の時に崩御した皇后ともそれなりに関係が良好で、後宮の管理にも深く携わっており、皇后位が不在になってもその職務を代行していた。

そういう女性の養子だったうえに、存命している皇帝の息子の中では上から数えたほうが早い順番で生まれたものだから、傑は一目置かれていた。

が、そのわりに傑はそこそこぼんくらである。

養母は傑に行儀作法は厳しく躾《しつ》けたし、皇帝の息子として最低限の教養は身につけさせたが、それ以上は求めなかった。はなから傑に期待していなかったのだろう。

当初傑は、楽しく濫読の日々を過ごしていた。詩文も史伝も評論も本草書の類も大好きだったが、特に好んでいたのは小説だ。しかしこの国で小説というのは、文壇で最も価値の低いものとされている。

だから、他の分野の本をたくさん読むことを周囲に見せつけ、小説を読んでいることが目立たないようにしていたのだ。

しかし意外なことに、養母は小説を読むことを咎《とが》めなかった。むしろ彼女は「好きなものは、胸を張って好きでいなさい」と背中を押してくれていたので、傑は存分に奇異と虚構の世界に耽溺《たんでき》したものだ。

最初のころは。

堂々と読みふけっているのを兄たちに馬鹿にされるまでは、養母の優秀さと懐の深さに感動していた。

そして父帝が崩御し、僻地《へきち》に追いやられた今の傑は、あの態度について、養母による遠大な殺害計画だったのかもしれないな、と考えている。

兄弟にぼんくらと思われていたから、新帝に利用価値を見いだされず、緩慢な死を迎えそうな場所に送りこまれ、実際凍死しかける羽目になったからだ……。

「これ！」

ここで傑は、いきなり後ろ頭を引っぱたかれた。

「いたっ」

じいやだった。顔を真っ赤にして怒っている。

起き上がる気力もないというように横たわっていたはずなのに、いつの間にか身を起こしている。

「じいや、なにを……」

「義母君になにをおっしゃるか！　そもそもあの御方が、そのような考えを持たれるわけがありませんぞ！」

「うるさい！　お前に義母上のなにがわかる！」

「紙面の知識ばかり詰めこんで頭でっかちな傑さまに、経験を積ませようというご意向だというほうが、まだ信用できるというものです！」

「そういうことを言うな！」

痛いところを突かれ、傑はわめいた。

砦《とりで》でじいやと二人暮らしを始め、濫読で頭に詰めこんだ知識を意気揚々と実践に移そうとした結果、大半失敗してじいやに尻拭いをさせた苦い記憶が蘇《よみがえ》ってくる。

もちろん知識が役に立たなかったということはない。むしろ彼らがこの冬まで生きながらえたのは、知識に負うところが大きかった。

だが思春期の少年の心が傷つきつづけた、失敗まみれの数か月だった。

「まあまあ、その話は多分ここで話しても解決しない」

《明の星》は、傑とじいやを引きはなすように、間に割って入った。

「それは、お義母《かあ》さんとお話しする機会ができてから決着つけて」

そもそもそんな機会が今後できるのかどうか……と、傑は少し遠い目をしたが、《明の星》が割って入ってくれたおかげで、頭に上った血は引いた。

「さ、話を続けて」

「うん。そして新帝即位に伴い、皇弟である私は治安の維持のために、あの砦に遣わされることになった」

「え、落ちのびたとかじゃないんだ？　というか治安？」

疑わしげな目を向けられる。

彼の言わんとすることはわかる。なんせ派遣された人材は、傑、そしてじいや……以上だからだ。

「そういう名目なんだ！　落ちのびていたとしたら、私たちは無許可で国の施設に住みついていることになってしまうだろう。私はそんなことはしない」

「ごめん、そういうことするかどうかが分かるくらいまで人柄を把握してないけど、まあ、傑はしそうにない感じだよね」

傑は「そのとおりだ」と胸を張った。

「でも治安ってなんのこと？　あそこ別に、国境でもないよね。まあ、わたしたちみたいなのが辺りをうろちょろしてるから、それを警戒されてるんだったらありだと思うけど。あと獣もまあまあいるし」

「昔は国境だったんだ……二百年くらい前は」

極《きょく》というこの国は、当初拮抗《きっこう》する力を持つ隣国と領土を接していた。その際建てられた砦は、建設当初は確かに国境を守るためのものだった。その隣国が斃《たお》れてから極は、じわじわと版図を広げ西方に向けて国境を移動させてきた。

傑の話を聞き、《明の星》は膝をポンと叩《たた》いた。

「ああ〜、なんであんなところに砦があるのかなって思ってたよ。そういうことなんだね。でも本当に治安ってなに？　傑とじいやさんの二人だけで保てる治安って？」

傑は言葉に詰まった。

国境はすでに彼方《かなた》で、現在あの砦に軍事的な意味はない。

つまりそもそも、傑たちが来る必要もない。

「実質、流罪も同然ですな」

じいやがあっけらかんと言う。

「じいや！　私は別に罪を得たわけでは……」

傑が抗議の声をあげると、《明の星》は少し穏便に言いなおしてくれた。

「つまり、左遷？」

が、それは傑に現実を突きつけるものだった。否定のしようがないからだ。

「そう……なるかもな」

長い溜《た》めを経て、しぶしぶ認めた傑に、《明の星》はあっけらかんと笑う。

「なるほどね〜。この辺で生活してる立場としては、左遷先とかにされるのはちょっと腹立つけど、田舎なのは間違いないね」

「確かに、君たちに対しては失礼だな」

傑がそう言うと、《明の星》はちょっと驚いた顔になった。

「どうした？」

「いや、君たちってわたしたちのこと、馬鹿にしないんだなあって」

傑はむっとした。

「その発想こそ、君が私のことを馬鹿にしているだろう」

「そうだね、ごめん」

「それで、大自然との戦いに敗れて、食料を確保しようとしたところで死にかけて、君に助けられたわけだ……」

「秋までに集めてなかったの？」

「集めていたんだが、保存庫が大雪で潰れてしまってな……」

呆《あき》れ顔《がお》だった《明の星》は、傑の説明により一瞬で同情の顔になった。

「ちゃんと準備はしてたんだ～。それは確かに大変だったね。今年の雪は確かに多いよ。うちのばあちゃんも、こんなの初めてだって」

「そうか、それは運が悪い……いやでも、君たちに助けてもらったから、運についてはおつりが出るな」

傑がそう言うと、《明の星》は、ふふ、と笑った。

「これで話は終わりだ。楽しめたか？」

「いや～……あんまり！」

《明の星》は妙ににこやかに笑いかけてきた。

まあそうでもないだろうな、と傑も思っていたが、こうもあっさり否定されるとなんだか悔しい。

「それに娯楽にするには危険すぎるね。多分これ、大っぴらに話したら、お上に目を付けられそうだから、適当に作り話にしておくね」

「そうか。どういうふうに？」

どんな作り話をするのか、傑もちょっと気になる。なにせ娯楽が少ない生活を送っているものだから。

「お家騒動に巻きこまれた富豪の息子が、落ちのびたって設定でいい？」

「……構わないが」

正式に派遣されたということが、事実なのに採用されないというのは、傑の矜持《きょうじ》をいささかならず傷つけた。だが、真実が恩人とその一族を害する可能性があるなら、仕方がないとも思う。

「でも、このあたりが二百年前国境だったせいで、あの砦が出来たんだってことは、『へえ！』って思ったから色んな人に話すね」

「一瞬だけしか楽しませることができないだろうが、なにかしら有益だったようでなによりだ」

きっと《明の星》から話を聞いた人からも、「へえ！」という反応は得られるだろうが、「へえ！」だけで終わるに違いない話題でもある。

「傑、大変だったし、これからも多分大変だと思うけど、長い付きあいのご家来が一緒で心強いね。よかったね」

「？　いや……じいやとは、数か月前からの付きあいだが？」

「えっ？」

ひょうひょうとしていた《明の星》は、ここで大いに驚いたようだった。

そしてじいやは、なぜか胸をはって頷《うなず》く。

「うむ。こちらに赴任するにあたって、傑さまにお仕えするよう命じられたのだ」

「あっ、『心強い』とは、確かに思っているぞ。じいやがいなければ、私はすぐに死んでいたであろう」

傑が慌てて言いそえると、じいやは感激で目を潤ませた。

「もったいないお言葉……」

「え、えー……？」

じいやは感極まった様子であるが、《明の星》はずいぶんと戸惑っていた。

「どうした？」

「じいやさんとは、生まれた時から付きあっていました、という感じの距離感だと思っていたから」

「そうだろうか」

自覚がない傑は首をかしげる。

「付きあいの長さと関係なしに、ずいぶん親しげなんだね」

「数か月生死を共にしていたらこうなる、ということなのだろう。主従の関係で大事なのは付きあいの長さじゃない……密度だ」

どうだ、いいこと言ってやったぞ！　といった態度の傑に、《明の星》は生温かい眼差《まなざ》しを向ける。

そして、そのままの顔でじいやのほうを向く。

「じいやさんのご主人、かわいいね」

「か、かわいい⁉」

傑は驚きの声をあげたが、《明の星》に話しかけられたじいやは、ご満悦といった風情で頷く。

「そうだろう、そうだろう。坊ちゃんは、よく分かっているな」

《明の星》はちょっと目を見開いた。

「坊ちゃん……じいやさんも、わたしのこと、男の扱いするんだね」

傑はじいやと目を見あわせて、少し焦った。

「えっ、女の子だったのか、もしかして？」

代表して傑が問いかけると、《明の星》は「いや男だよ」と言ってから、苦笑いした。

「でも外見というか、着ている服が、ね」

「外見？」

傑は《明の星》を見る。傑には見慣れない意匠の服を、もこもこに着込んでいるとしか見えない。《明の星》の祖母も出会った際の見た目や声では性別は分からず、会話で得た情報で「そうだ」と判断したにすぎない。

率直にそう伝えると、《明の星》はなぜか楽しげに笑った。

「なるほど、そういうことか。見た目で分からないのか。確かにわたしも、傑の服ってなんだかけったいだな、ってくらいしか思わないしね」

「けったい……」

「すごく寒そうなんだよね」

一応は防寒具として作られたものを着ていたつもりだったので、そんなことを言われて傑は作る表情に迷った。

「でも春が来るまでまだ長いからね。その間に、ちゃんとしたものを作るか、防寒具ちょっと改造するかしてあげるよ」

「うん……うん？」

傑は素直に頷いてから、首を傾《かし》げた。傑たちがこのまま滞在することが、ごく当たり前のように語られている。

「どうしたの？」

「あ、いや。じいやが回復し次第、あの砦《とりで》に戻るつもりだから、そんな余裕はないんじゃないかと……」

じいやも、「そうですね」という顔をして頷いている。

「ちょっと待ってちょっと待って」

《明の星》は慌てて片手をあげると、腰を上げた。「……ばあちゃん、ばあちゃーん！」と叫びながら、外に出ていく。

「なんでしょうな」

「さあ……」

傑はじいやと顔を見あわせた。

やがて《明の星》が祖母を連れて戻ってきた。彼女は皺《しわ》で表情が分かりにくいにもかかわらず、激怒していることがありありと分かった。

「あんたらなーに無謀なこと考えとんの！」

傑は怒りに気圧《けお》されたが、同時にご婦人が怒りでぽっくりいかないかを心配してしまった。

「ご婦人、落ちついて」

落ちつかせようと手を伸ばす傑の目に、ご婦人の背後からひょこんと顔を出した《明の星》の姿が飛びこんできた。

「いやほんと、ばあちゃんの言うとおりなんだよ、傑。春までここにいなよ」

「それを言うためだけに、ご婦人を呼び戻したのか？」

仏頂面になる傑に、《明の星》はまったく怯《ひる》まず、真顔を向ける。

「当たり前だよ。じいやさんの看病に時間をいちばん割いたのは、うちのばあちゃんだからね。じいやさんが砦に戻って死んじゃったら、ばあちゃんのその時間は無駄になってしまうんだから」

正論に、傑は「うっ」と言葉を詰まらせた。

「じゃあ、じいやだけここに」

「なりませんぞ傑さま！」

すかさずじいやが抗議する。

《明の星》は「どうしてそうなるかなあ……」と、苛立《いらだ》たしそうな声をあげた。

「傑だけ戻したら、傑が死ぬ可能性しかないよ」

「それは、やってみないと……」

さすがにそこまで言われて、傑はいささかムッとした。

だが、《明の星》は傑よりずっとムッとしていたらしかった。

「やめてくれない？　せっかく苦労して助けた命を捨てるような真似《まね》されたら、わたしがすごく嫌な気持ちになるんだよ。恩を仇《あだ》で返されたなあって。わたしたちにお礼するつもり、あるんだよね？　だったら、まず春までここにいなさい」

「これ《明の星》！　いくら本当のことでも言いすぎなんだよ！」

言いおえた《明の星》の頭を、ご婦人がはたく。

しかし《明の星》の言うこと自体に異論はないようだ。もしあるようだったら、

《明の星》が言いおえる前に止めていただろう。

「そうだよそうだよ。今年は雪がいつもより多い。どうなるかあたしらにも分からんところがある。ここにいなさい」

「ですが、ご婦人」

反駁《はんばく》の声をあげた傑に、《明の星》は「まだ言うか」という目を向けてくる。

「今おっしゃったように、《明の星》からも前に聞きましたが、今年はいつもより雪が多いのでしょう？　例年と異なる気候の場合、生活に支障をきたすことも多い。特に皆さんのような生活をしていると。私たち二人がいることで、皆さんに負担を強いるのは……心

苦しい」

傑の言葉に、《明の星》は虚を衝《つ》かれたようだった。

「ばあちゃん、傑って頭の回転速いんだね」

「そらそうよ」

ご婦人がなぜか得意げにしている。彼女に誇られるほど己を開示した覚えはなく、むしろ《明の星》との付きあいのほうが長いので、見ていて不思議になるやりとりだった。

ただ、もの申したいことはあったので、言っておく。

「褒められている気になれんのだが」

《明の星》が傑に向きあい、静かに話しはじめた。

「確かに、うちらみたいに遊牧をしているところは、豪雪が死活問題になる。何年か前もそれで、一家族が全滅することがあった。わたしの友だちの家だった」

作る表情に迷い、結局無表情で、傑は話に耳を傾ける。

「だからそれ以来、うちではお試しに越冬地を設けるようにしてる。それがここなんだよね」

「この子がね、提案したんだよ、この子がね！　うちの孫！」

ご婦人が得意げに主張する。

《明の星》はちょっと恥ずかしそうだ。

「ばあちゃんはちょっと黙っていて」

「いやしかし、それは確かに祖母君が誇るべきことでは？」

「わたしも誇ってるし、ばあちゃんにも存分に誇ってほしいけど、今それをやると話が進まないんだよ」

《明の星》の目に、余計なことを言うなという力がこもっていた。

「で、ね。今年はそれが大当たりした。いつもだったら越冬地に籠もる人間と、遊牧に出る人間とでわかれるんだけれど、今年は皆越冬地に籠もってる」

「それは……食料が足りなくなるのでは？」

傑は余計に、自分がここにいてはいけない気がした。

「それがね、君らのおかげで食料は問題ないんだよ」

「あんたがね、今年は雪が多そうだって言ってたから」

「あ、あー……言ったな」

「おっしゃってましたなあ」

冬に備えるにあたって、傑は己の知識を生かそうとした。

傑は書物で読んだことがある。大雪になる年の夏や秋は、鳥や虫が例年と違った動きを見せるということだ。が、そんなこと例年の様子を知らなければ、比較しようもないのである。だからご婦人の手伝いをする際に、今年の鳥や虫はどうだと色々聞きだした覚えがある。

そしてその流れで、雪の度合いの指標になるんだということも伝えたと記憶している。

「わたしたちにもね、そういう知恵はあるんだけど、わたしたちも知らないことも傑が教えてくれてね。それで、それが全部『今年はヤバい』って示してくれたもんだから、親父《おやじ》を説得して今年は十分準備が出来たんだよ」

「それでか……！」

傑はなにやら、色々繋《つな》がった思いがした。祖母の恩人とはいえ、いくらなんでも親切に世話してもらいすぎの感があったのだが、言うなれば傑は、この越冬地全体の命を救ったともいえるらしい。

とはいっても、俺はこの部族の恩人でござい、と胡座《あぐら》をかくつもりはなかった。冬の準備を促したのは、《明の星》の功績なのだから。

「で、そうなると争いが起こるわけね」

「ここで？」

傑の問いに《明の星》は首を横に振る。

「いや、余所《よそ》と」

「うち以外の部族が食料を狙ってね」

と、ご婦人が補足してくれた。

「それで、武力が必要だと？」

傑がこの場にいる必要性に、ようやく繋がりそうな感じになってきた。だが傑は、武力的に自分はあまり役に立たない、ということはちゃんと言っておくつもりだった。

「いや、それはうちの親父たちがなんとかした。で、無限じゃないけど食料に余裕があるから、取り引きで融通してやろうってことになってる」

「それは……まあ、よかったな」

争いを避けることが出来るなら、それが一番だ。

「で、交渉と食料の輸送で、体力ある奴が出払ってて、今ここ人手が足りないんだよね。だから君ら二人がいると、わりと助かる」

「なるほど……」

「そういうことならば……傑さま、この話お受けになっては」

じいやも後押ししてくる。

ただ飯喰《ぐ》らいというのは、申しわけなさを感じるし、正直自尊心も傷つく。だが手伝いをしてくれ、ということなら問題ない気が、傑もしてきていた。

「それに傑さま、今呰に戻ったところで、春になるまで、誰も訪ねてきやしませんぞ」

「そりゃそうだね。わたしたちみたいのじゃないと、辿《たど》りつく前に死ぬね」

「つまり誰も傑さまが呰にいないことを確認できないのであれば……実質傑さまが呰にいるのも同然では？」

　じいやの発言が、唐突に哲学めいた方に向かう。

　それによって頭の最近使っていない部分が刺激された傑は、首を傾《かし》げて自問自答を始めた。

「ん？　いや……ん？　しかし、私は私が呰にいないことを確認できているぞ。この場合、どうなる？」

　そんな傑を、胡乱《うろん》な目で眺めながら、《明の星》はじいやに話しかける。

「都の人って、小難しいこと考えるんだね」

「傑さまくらいだて。こういうときの傑さまは、他のことがあまり考えられなくなるから、ここで押して承諾を得るとよいぞ」

「本当に？　……傑、春までいるんでいい？」

「あ、うん。いい」

生返事をする傑に《明の星》はあんぐりと口を開いた。

「本当だった……」

「じゃあこのじじいは少し眠らせてもらうのでな」

「じゃあ、傑連れて帰るね」

なお、傑が我に返ったのは、《明の星》に連れられ、自分が療養していた天幕に戻ってからのことであった。

※

傑の指は、さすがに死にかけていたときよりはさっさと回復した。

足の動かない指は、一向に回復する気配がないが、痛みがないだけましだと傑は思っていた。

そうしてなんとか動けるようになってから、冬の間《明の星》の後ろにくっついて軽作業の手伝いをしていた傑は、無事に春を迎えたのだった。

砦《とりで》に戻る前に、傑は真っ先に《明の星》の祖母に挨拶した。

「たいへんお世話になりました。このお礼は後日必ず」

世話になったという点では《明の星》の次に、可愛《かわい》がってくれたという点では誰よりも良くしてくれたお人だ。傑の防寒具も彼女が丁寧に作ってくれた。

「そうかいそうかい」

ご婦人の反応は、ずいぶんとあっさりしている。

傑としては彼女のことはもう、自分の祖母のようにすら思っていたので、少し寂しいところではあった。だがこういうふうに、去るものに執着しないのが、彼女たちの流儀だというなら、それはそれでらしい気がするし、それに従おうと傑は思った。

「で、明日の晩飯には間にあうンかね？」

「えっ？」

「明日ね、ホラあんたがこの前気にいってた、アレ作ろうと思っててね。でも明日間にあわんなら、明後日《あさって》にするよ」

アレだけではなんのことだが分からないが、ご婦人は傑がすぐ戻ってくるつもりでいると思いこんでいることだけは、よく分かった。

とりあえず、傑が言うべきことは一つだけである。

「ご婦人の作るものはすべておいしいので、アレだけではなんだか分からないな……気にいったものが多すぎる」

「いやもうあんた！　そういうこと言うんだからア！」

ご婦人はキャアキャアと黄色い声を上げて、傑の肩をバシバシ叩《たた》く。

「こら傑。ばあちゃんにちゃんと言ってあげないと」

と、横で聞いていた《明の星》がため息をついて、ご婦人に説明してくれる。

「ばあちゃん、傑たちは今月は多分戻れないよ」

「いや、来月も戻るつもりはないが？」

「はア？」

ご婦人、急に耳が遠くなったようである。そんな祖母に《明の星》は、胸を叩いて請けおった。

「安心して、ちゃんとわたしが面倒見るから」

「ンああ、まあ、そんなら……」

しわぶき混じりに、ご婦人は渋々頷《うなず》く。

それを見て、《明の星》は溌剌《はつらつ》とした笑顔を傑に向けた。

「よし、じゃあ傑、準備しようか」

「えっ、《明の星》が付いてくるのか？」

「でないとばあちゃん、いつまでも納得しないからね」

「ええ……？」

戸惑う傑を、じいやがなだめる。

「まあまあ傑さま。正直、一冬人がいなかった砦なので、何かしら片づけが必要なはずです。人手があるにこしたことはないかと」

「そう、だな……」

悲惨なことになっているのは間違いないので、傑は遠い目をした。

雪をかき分けて進みながら、《明の星》がぽつりと呟《つぶや》くように話しかけてきた。

「意外とあっさり了承したね」

「えっ、なにを？」

「わたしが付いていくこと」

「それは……さっきじいやが言ったとおり、人手があるとありがたいから」

「でも傑って納得できないまま一度決めたこと、覆しはしないけど、絶対に忘れないじゃない」

「……そうか？」

「もしかしてばあちゃんに、なにか頼まれた？」

「…………」

傑は、ご婦人が作ってくれたヘラジカの帽子を、意味もなく直した。

──ばれている。

荷造りの最中、ご婦人が傑にこっそり話しかけてきたのだ。

部族の中にいると《明の星》が思い悩むことが多いから、少し距離を置かせたいと思っていた。いい機会だから、しばらくの間近くに置いてくれないか……と。

数日で帰らせるつもりだったが、そういうことなら仕方がない。《明の星》は恩人だし、臣民の心を安んずるのも皇子としての務めである。

頼られたことに傑は若干、いや大いに気をよくして《明の星》の同行を快く引き受けたのだった。

《明の星》が苦笑する。

「ばあちゃん、わたしに過保護だからな……」

一冬一緒に過ごすうちに、彼の抱える事情もある程度耳に入ってきている。

越冬地について発言権を持っていることから薄々察していたが、《明の星》は部族の中で特別な存在として扱われている。それは、赤子のころ「将来大人物になる」と託宣を受けたからだ。

その際、女の子として育てられることになったのだ。しかし止《や》めどきまでは伝えられていなかったために、今も中途半端に女として過ごすことになっている。本人はそれに対して鬱屈した思いを抱えている。

傑には巫覡《ふげき》のことはよく分からない。

だが、迷信と切りすてるつもりもない。

やり方は違うし、度合いも違うだろうが、人知を超えるなにかを尊ぶことは、傑にとっても身近だったからだ。

だから《明の星》が女の子として育てられていること、そのことに従いつつも思うところがあることは、なんとなく理解できる。

それに巫覡のやったことは間違っていなかったのではないかとも、傑は思う。予言した子に異装させることで、その子が特別な子であることは、常に周囲が意識する。だからなにか奇抜なことを言いだしたとしても、「そういえばこの子は……」と予言のことを思いだし、周囲はすぐ従う。

そのおかげで越冬地のことも、成功したのではないだろうか。さすれば「将来大人物になる」という予言はもう達成されたことになる。

よくも悪くも特別視され、それに思うところがあった《明の星》だったからこそ、異分子である傑を受けいれてくれたのかもしれない。

なんて、傑は思うのだ。


さて、そうこうしているうちに、傑たちは砦？ に到着した。

そう、「砦？」という状態だった。

積もりに積もった豪雪にほぼ覆われていたからだ。おそらく、傑たちがいた時点で潰れた保存庫以外にも駄目になった箇所があるだろう。

三人からため息が漏れる。

「砦だったもの」となっていなかっただけましではあったが、これは相当骨を折ることになる。

《明の星》が声を張る。

「さて、まず天幕張るか！」

今日中に居住する場所を確保できないことは明らかで、三人はしばらく砦の前で天幕暮らしをすることになった。

そうしてしばらくの間三人は、豪雪で壊れた箇所の確認と、雪かきに明け暮れた。

べちょべちょになった雪は重い。要は水なので、当たり前だ。

「今年の雪はさ、本当に凄《すご》かったんだよ。いつも起こらないような場所でも、雪崩が起きるなんてこともあったからさ」

「そうなのか」

《明の星》とそんな話をしながら、せっせと片づけを進める。

《明の星》からしてみると、彼がここにいる理由は自分の祖母が傑たちを心配して付いてこさせたからだ。

だから現状は傑が《明の星》にただ面倒をかけるだけの日々なのだが、彼はずいぶんと生き生きと過ごしている。ご婦人の言っていたことは、本当だったんだなあと傑は思った。

そうして砦がなんとか住める場所になったころ、二人の客が訪れた。

じいやに呼ばれて物見に立った傑は、訪ねて来た者たちを遠目に見やる。

「俸給を届けに来たのか？　その割に服装が良《い》いな」

傑は皇帝の命令で、辺塞に赴任していることになっているので、その俸禄《ほうろく》を貰《もら》っている。毎月は無理だが、一定の期間でまとめて手元に届けられている。直近では、雪が積もる前に一度来ている。

正直、銀子よりは食料や物品のほうが嬉《うれ》しい。冬前の俸給を受けとる際に、養母から防寒具やらが届けられていた。

「ですが、中央からの方であることは確かなよう。お迎えしなくては」

「そうだな。応接間を先に片づけておいてよかった」

じいやが門を開けに走り、傑は応接間に先に入って、窓を開けて空気を入れかえた。

このとき、《明の星》は冬に倒壊した保存庫の片づけをしていたところだったので、応対は傑とじいやだけで行った。

《明の星》は現在残っていたものを、まだ食えるものともう人間は食えないものに選別してくれている最中である。人間がもう食えないものについては、彼のところで飼っている犬にあげることになっているので、彼は意気揚々と仲間を連れて保存庫に籠もっていた。

これが賃金よりも喜ばれてしまったので、傑は微妙な気持ちだったが、傑だって前回俸給が来たとき、それよりも養母が贈ってくれた防寒具と茶葉のほうを喜んだものだから、人のことは言えなかった。

訪れたのはやたら太った中年の宦官《かんがん》と、それと釣りあいをとるために選んだとでもいうような、ガリガリの従者だった。

窓の下で、じいやが客人を出迎えようとしている。相手の姿を先ほどより近くで見て、傑は片方に見覚えがあることに気づく。かなり高位の宦官だ。じいやだけで出迎えるのは荷が重いかもしれないと、傑は自分も出ることにした。

傑が外に出たところで、「ようこそおいでくださいました」と、じいやが宦官にうやうやしく述べる。宦官は鷹揚《おうよう》に頷くが、その風体は旅の疲れが出ていて全体的にくたびれていた。

太っているほうについては、宦官によく見られる体型だからまったく不思議ではない。宦官は太りやすいからだ。それに肥満は富裕の証《あかし》としてもてはやされるから、恥ずかしいことでもない。

だがそこに従者が並ぶとちぐはぐな絵面だった。引き立て役として選んだ従者なのだろうか、と傑は思った。自己顕示欲が強い者ならば、そんなことをしてもおかしくない。

「いやあ、旦那さま！」

と、その時、細い体のどこから出たのかと思うような、太い声が従者から出た。

「無事に辿《たど》り着けてよかったですなあ！　旦那さまが途中で斃《たお》れてしまわないかと思うと、もうもう、あたしは身が細る思いでしたよ！」

歌わせたらさぞ、というようなうっとりするような美声であった。そのおかげで傑は一瞬、従者の言うことに含蓄とか説得力とかを感じてしまったほどだ。

しかし、従者の発言をよくよく考えてみると、忠誠をわざとらしく主張しているだけのことだ。しかもこれ以上痩せようもなさそうなのに「身が細る」と言うのが、狙っているとしか思えない。

旦那さま、と呼ばれたほうは、よほどこの美声に慣れているのか惑わされたりせずに、呆《あき》れたように鼻をフンと鳴らすと、こちらは宦官によくあるかん高い声で言う。

「分かった分かった。後で肉を食わせてやるから」

「約束ですよ！」

この二人、当初想像していた引き立て役云々とは違う関係性だなと、傑は早々に悟った。ただ、引き立て役という考えは合っているかもしれない。そうでなければ、こんな御しがたそうな輩《やから》を従者に選ぶ理由が分からない。

宦官は従者に向け「ああ」とか「うん」とか言って適当にあしらいながら、傑のほうを向く。

「それで、皇弟殿下」

妙に滑稽なやりとりを見ても、傑は作る表情に迷わなかった。皇帝の命を携えた使者には、皇帝に相対するごとくする。要は鹿爪らしい顔をしておけばいい。

「うむ、久しいな。出世したようだ。黄太監《こうたいかん》」

相手は、感動したようだった。

「拙のことを覚えてくださっていたとは」

人と話すことは苦手だったが、情報として記憶することは得意だった。だから働きまではさすがに網羅出来ていないが、宮城にいたころに言葉を交わした者の顔と名前は一致している。

なお、傑のこの人見知りは、左遷されたことで強制的に矯正されていた。

人に囲まれて育っていたのに、急にじいやしか話し相手がいない環境に放りこまれたのだ。傑は数か月で人の気配に飢えるようになってしまった。

だから《明の星》の祖母を助けて会話したときなど、嬉しすぎてちょっと舌を嚙《か》んでしまったくらいだ。さすがに《明の星》と出会ったときは、死にかけていたので喜ぶどころではなかったが、少なくとも人見知りは発揮しなかった。

傑自身はこの人見知りに悩んでいたので、克服を心底喜んでいるが、同時に「荒療治」

という言葉が脳裏から消えないのも事実だ。

宦官が手にしていた巻物を開いた。

「皇帝陛下の詔《みことのり》である！」

その声が出るのとほぼ同時に、傑も従者もじいやも床に跪《ひざまず》いた。

立つ者は宦官のみ。その彼がキンキンと高い声で勅書を読み上げる。

傑は耳を傾けながら、「この度皇后」とか「天下に大赦」とかいう文言が出たことに、はて、と思った。

大赦とは平たくいえば、慶事の際に罪人を許すことである。そして立后は国家規模の慶事だから、大赦が行われるのはごく自然なことだ。

しかしこれが自分とどう結びつくのかが、傑には分からない。

わざわざ使者を立てて、勅書というかたちで示すということは、傑に対する命令のはずだが、大赦関係で「命令」という体裁をとられる謂《いわ》れが傑には無かった。

「よって、皇弟・斉《せい》傑の責を赦《ゆる》し、帝都への帰還を命ずる！」

――……は？

宦官は読み終えると、巻物をきちんと巻き直し、身を起こした傑に差し出した。

「皇弟殿下、どうぞお受け取りください」

しかし傑は、手を伸ばさなかった。

「殿下？」

「黄太監、確認させてくれ。今そなたが読み上げたことは、私が恩赦の対象になるという内容であろうか」

「そのとおりでございます」

「それはおかしい」

傑はぴしゃりと言った。

「私はここに冊封されて来たのだ。罪を得て来たわけではない」

宦官の目が急に泳ぎはじめた。

「まあ、それは……当時はそうだったのかもしれませぬが」

「傑さま、当時でもそれは建前というもので、実質流刑にされたも同然ですぞ。前に坊ちゃんと話した時も、このじじい、申し上げました」

じいやがこっそりと、だが場にいる全員に聞こえるくらいの声量で窘《たしな》めてきたが、傑はそれを受け入れられなかった。

「だがその建前を覆すには、建前を前提にした命令をされるべきだ！　そうだろう！……私は罪人ではない！　だから大赦を受け入れる対象にはならない！　戻って陛下にそ

う お伝えせよ！」

甲という命令の撤回には甲を否定する命令を発さねばならないのに、乙を否定する命令を出されたちぐはぐさが、傑には気持ちが悪いし、しれっと罪人扱いされたことにも激怒した。

「つまり皇弟殿下、帝都に戻られないと？」

宦官が困り顔になった。

「そのとおりだ。戻った時点で私は大赦を、ひいてはよくわからぬ罪を認めたことになる」

「それでは皇帝陛下の詔に背くこととなり、本当に罪人になりますぞ」

「その罪に対して、大赦を適用させればよいであろう」

大赦は発せられた後の罪にまでは適用されないから、言っていることがめちゃくちゃであることは、傑も承知の上での反抗であった。

「旦那さま」

とそのとき、従者が宦官に語りかけた。

「旦那さまのお仕事は無事終わったので、もう帰りましょう」

朗々と言われ、宦官は一瞬頷《うなず》きかけたが、慌てて従者に怒鳴った。

「いや待て！」

「そうだぞ待て！」

傑も傑で、従者に突っこんでから、そういえば帰ってほしいと言ったのは自分なので、全然待ってくれなくてよかったんだなということに気づいた。

「いえね、クソガ……皇弟殿下の主張と見るなら一宦官が覆せるもんじゃないですし、陛下のご命に背いた罪人の妄言と見るなら、実力行使しなくちゃなんないですが、武力的に無理があるってもんですよ。なんせ、ね。馬球《ポロ》に喩《たと》えたら、ここにいるのは馬でも乗り手でもなく球と棒です。自分だけじゃなあーんも出来ません。派遣したほうも実力行使ができるとか期待してないんだし、期待してたらそいつの頭がどうかしてます。要はさっさと帰って報告して、兵を差し向けましょって申しあげたいんでさ」

彼の喩えが合っているのか合っていないのかは、傑にはよく分からない。だが、ここにいる者いない者の区別なく、全方向に失礼な物言いをしていることはよく分かる。自虐も含めていることを差し引いても、だ。

「殿下のことを、クソガキとか言うでない！」

宦官は自分に対する物言いではなく、傑に対するそれに対して怒りだした。

彼は傑が最初に思っていたより、ずっと真面目だった。引きたて役としてこの従者を連れているのではないかと邪推した己を、傑は恥じた。

その態度に免じて、「クソガキ」とはっきり言われたことは聞かなかったことにしようと傑は思ったが、従者のほうが流さなかった。

「あたしァ、クソガキなんて失礼なこと、言いきってませんよ。今はっきり言ったのは旦那さまです」

「お前お前お前お前」

傑は二人を追いだしにかかる。

「そのことは、帰路二人でよくよく話しあってくれ」

自分が題材になっていなければ、まだ片づけをしている《明の星》も呼んで、彼に娯楽を提供してやりたいところだった。傑自身も、もうちょっと見学していたいようなやりとりだった。

「お待ちを、太監さま」

ここで声を上げたのはじいやだった。

「礼皇貴妃《れいこうきひ》さまはこのことについて、どのようなお考えをお持ちなのでしょうか」

養母のことを出されて、傑はハッとなった。あの養母が、このようなことを承服するとは思えない。もちろん彼女は先帝の側室という立場でしかないものの、実質は継室のような扱いを受けていた。当今も彼女の言葉は無下に出来ないはずだ。

宦官《かんがん》は、なにやら気まずげな顔になった。

「礼皇貴妃さまは、今は瑜妃《ゆひ》に封ぜられております」

言っている意味がわからなかった。

「どういうことだ？　母妃は先帝崩御に際し、皇貴妃に尊封されていたはずだ。よほどの罪を得ていないかぎり、先帝の妃《きさき》を降格ということは、陛下にもおいそれとできないはず。それに『瑜《ゆ》』の文字はどこから出てきた？」

傑の養母の名は、王雨婕《おううしょう》という。

十五の歳《とし》で後宮に入り、嬪《ひん》の位を授かった。その際、父親の官位や名家の出であることを踏まえ号を与えられたため、「礼嬪《れいひん》」と呼ばれるようになった。同じ位でもこの号を持っているかいないかで、妃の格に差が出る。

やがて養母ではなく、養母が実家から連れてきた侍女の趙《ちょう》氏が皇子を産み、その直後死亡した。養母は子を養う立場となった際に、礼妃に進んだ。

なお、この趙氏が傑の生母であり、当然この養われる立場の子は傑である。趙氏は亡き後に嬪の位を追贈されたものの、号は与えられなかったため、趙嬪と呼ばれる。

養母は先帝の皇后亡き後に礼貴妃に、そして先帝崩御後に礼皇貴妃になった。そして新帝の皇后が立つまで、後宮で妃嬪《ひひん》たちの指導をすることになった。

と、いうところまでが、傑が知っている事情だ。

宦官は、まだ春先だというのに大汗をかきはじめた。彼が、傑が知っているより先のことを理解していることは、火を見るよりも明らかだった。

「どうした?」

傑が促すと、いかにも歯切れ悪く言う。

「それは……ええ、皇弟殿下の御養母であらせられた先帝のお妃は、この度陛下の後宮に入られることになり」

養母に対する言いまわしのまだるっこさが、今の彼女の立場のややこしさを示している。が、宦官の言わんとすることはまったく複雑ではなかった。

要は、夫亡き後、その息子の側室になったということである。

「は⁉」

傑は大声をあげた。「ありえない」という気持ちと、嫌悪が混じった叫びだ。じいやも言葉を失っていた。

宦官たちは一泊することになり、至急じいやが寝床を整えに走った。入れ違いに、《明

「なんでわたしがいない間に、そういう面白い話を満喫するのかな？」

と、彼はご不満の様子だった。

だがそれを慮《おもんぱか》っていられないくらい、傑の機嫌は奈落の底に落ちていた。

「どうしたの」

「どうしたもこうしたも、私の義母《はは》が……」

《明の星》の反応は薄かった。

「ああ、お義母《かあ》さんが再婚したこと？　問題でもあった？」

「問題あるだろ！」

「わたしの身の周りでは、よくあることだから。むしろそんなに落ちこんでるほうが、わたしには不思議だよ」

傑は驚き、《明の星》の顔を覗《のぞ》きこむ。そこに嘘《うそ》はなかった。

「よくある……こと、なのか？」

「うん。義理の息子と結婚することでしょう。よくあるよくある」

「なんでそんなこと。人倫にもとる行いだろう！」

「……そうしないと、女の人の生活が成りたたないんだよ。男の側だって、親父《おやじ》の妻を見殺しにするほうがよっぽど人倫にもとるからね。だから娶らなくちゃいけないんだ」

《明の星》はちょっと怒った口調になった。

傑はいささか気圧《けお》された。

「大体さあ、この決まり、男のほうもわりとしんどいからね。母親と同世代の人も漏れなく娶《めと》らなくちゃいけないんだよ。自分と同じくらいの女性でも、別に好きでもないのに……とかもある」

「う、まあそれは分かるかな」

母親と同世代というのはさすがに無いが、好きでもない相手と……というのは、傑の身の周りでも聞く話だ。

「元々いた奥さんと仲よかったのに、妻が増えたせいで関係が悪化するとかよくあって、本当に悲惨。しかもそれをなんとかするのが夫の手腕とか言われちゃうから……はあ、ほんと、すごく怠《だる》いよね」

色々と鬱屈するものがあるらしく、やけに早口になる《明の星》に、傑は圧倒されてしまう。

「あー、まあ……」

「だからわたしたちと同世代の男は、親父に嫁を増やさないでほしいって、すごく、すっごく願ってる」

で？　とでも言うように、《明の星》は傑を睨《ね》めつける。彼の言わんとすることが分かって、傑は静かに頭《こうべ》を垂れた。

「……そちらの事情も知らず、『人倫にもとる』など、きつい表現を使うべきではなかった、と思う」

「それで？」

《明の星》が顎をひょいと上げて言葉を促す。

「ごめんなさい」

傑がぺこりと頭を下げると、《明の星》の声が明るくなった。

「うん。侮辱するつもりがなかったのはわかる。傑のほうでは、それが『ありえないこと』だってこと、わたしも知らなかったしね」

「うん」

「だから、お義母さんは、お義母さん自身の感覚から見ても、すごくおかしいことをしたんだね」

「そういう、ことになる。どうしてそんな……」

「今の陛下と恋仲になったとか？」

「うわ」

傑の腕に鳥肌が立った。

「あ、ほんとに君、そういう考え無理なんだ。じゃあ、傑が本当はお義母さんのことが好きだから、嫉妬してる……とかってことでもないんだね」

「うわ。うわうわ、やめてくれ！」

全身に鳥肌が立ち、傑は自らの体を抱きしめた。

母は、母だ。養母だろうが、生母だろうが、そこに変わりはない。恋愛の対象にはなりようがない。

「今私には、君たちの苦労が分かった……気がする。好きでもない自分の義理の母と結婚するのは、想像だけでも確かに辛《つら》い」

「まあね」

「正直……考えただけで、寒気がするが……だが、義母が陛下と恋仲になったというなら、うん……彼女はまだ美しいし、先帝との間に実子もいないからな」

あの養母が……という思いはある。親のそういうことをのぞき見する発想がなかったので、把握していなかっただけかもしれないが、父帝ともそういうことをしている感じが希薄な女性だった。

幼いころは養母の寝所に父帝が泊まる姿を見たが、ほかの妃よりも頻度は低かった。昼間会う回数のほうがはるかに多かったくらいだ。それに晩年の父帝は女色への興味が薄かったから、彼女のところに通ってくることもなかった。

親のことだと思わなければ、物語としてはすごくわくわくする。

男盛りの皇帝と、先帝の美しい妃が、禁断の恋に落ちてやがてうんたらかんたら……そして結ばれる。この場合、先帝の妃はなぜか都合よく、先帝とは肉体関係を持っておらず、清らかな身なのだ。

「しかし、そうだとしたら陛下の態度には腹が立つ」

「そう？」

「先帝の妃を娶るのだぞ！　ただでさえ問題になる行いであるうえに、喪が明けてそれほど経《た》っていないというのに！　今ごろ文武百官から、激しい突きあげが来ているはずだ。一度後宮から出してほとぼりが冷めたころに新たな身位を与えて迎えるべきだし、出来ればきちんと正妻として迎えるべきだ」

「あれ、皇后さまになった人って、お義母さんじゃないの？」

「そうなんだ。義母ではないんだ」

傑としてはそこも気にくわない。養母は実質皇太后として扱われるべき存在になっていた。それを妃の一人として迎えるというのが、いかにも彼女を軽んじている。

そしてその境遇を甘受する養母のことも、傑には信じられない。彼女はもっと誇り高い女性だった。

「ありえない、ありえない」

ぶつぶつとつぶやく傑から、《明の星》は少し距離を置くと、戻ってきたじいやに言った。

「傑、お義母さんのこと、なんだかんだ言って好きだね」

「それもあるが、今日は頭にくることが複数発生したから、感情の整理が追いつかないんだろうて。一晩そっとしておこう」

※

翌日、朝食の席で傑は宦官《かんがん》に言った。

「黄太監、貴方《あなた》と共に帝都に赴こう」

ぱっと喜色が彼の顔に満ちる。

「おお、戻ってくださる、と……！」

「勘違いしないでくれ。私は自分が罪人であることを認めたわけではなく、義理の息子として瑜妃さまの冊封を祝いに行くだけだ」

それを聞いて、宦官は微妙な顔になった。陰謀渦巻く後宮の中で、宦官は毒蛇たちと呼ばれることもある。それなのにこんなに素直に感情を表出して大丈夫なのだろうか、と他人事《ひとごと》ながら傑は少し心配になってしまった。

「旦那さま、殿下と一緒に戻るべきです」

保存庫で発見された無事な干し肉を熱心にしゃぶっていた従者が、寝起きとは思えないい声を発する。

「あたしたち、旅慣れてないせいで途中で何度か死にかけたじゃないですか。帰りも死にかけますよ。道連れが多いほうが、死なない可能性が高くなりますし」

「これ！」

宦官の叱声などどこ吹く風で、従者は続ける。

「正直、あたしは皇弟殿下は、この僻地《へきち》でおっ死《ち》んでると思ってたんですよね。勅書なんて絶対無駄足になるって」

宦官が呆《あき》れ顔になる。

「それでお前、帰ろう帰ろうと言っておったのか」

それに呼応するように、従者も宦官に呆れた声をかける。

「他にどんな理由があるってんですかい……それがこんなにお元気で。ご一緒したら、絶対にあたしたちの旅は楽になりますよ」

傑は思わず声を上げた。

「ちょっと待ってくれ。そういう期待はされても困る」

確かにこの辺境まで辿《たど》りつき、そして一冬を生きのびた実績が傑にはある。しかし前者はじいやの尽力、後者は《明の星》らの協力あってのことだ。人の温かさに生かされた一年弱だった。

自分がなにもしていないと卑下するつもりはないが、対大自然における生存戦略に関しては、そこまで自信はなかった。

「皇弟殿下は、人運のお強い方なのですな」

傑の話を聞いた宦官の感想が、これである。「物は言いよう」のお手本みたいで、傑はいたたまれない気持ちになった。

もう駄目になっていた食料をまとめて、自分の部族の野営地に若い衆を呼びに行っていた《明の星》は、戻ってくると遺憾の意を表明した。

「だからさ、なんでそういう面白そうな話のとき、わたしを待たないかな？」

「あの宦官たちが、君に無礼なことを言うかもしれないからな。君を見かけた時に、『現地の雇《やとい》ですかな？』とか言っていたから」

「同じようなものだから、別にいいのに」

本人はあまり気にしていない。いつもそうだと傑は気落ちした。自分が気づかいのつもりでやったことは、結局のところ空回りになる。養母にも苦笑いされることが多かった。あの養母からは、叱られるよりそちらのほうにしょんぼりしたものだ。

「でも、そうか」

と、《明の星》がなにかに気づいたように声をあげた。

「あの人たちがわたしに失礼なこと言ったら、傑は黙ってらんないし、そしたらあの人たちとも関係がぎくしゃくしちゃうかもしれないしね」

「…………」

そう言われてなんとなく気づいた。もしかしたら自分は、他人に気づかっているつもりで、自分の負担にならないようにと動いているだけなのかもしれない。

「そういうところで黙ってられない傑のこと、わたしは気に入っているよ。ありがとう」

けれども《明の星》がそんなことを言うから、傑はもう少しだけ自分なりの「気づかい」を模索してみようかなと思っている。

「出発は明日でしょう。まだ食べられる保存食、取り分けといたから持ってくんだよ。あとねえ、この後わたし、寝る前に矢もなるべく作っておくから、それも。弓の弦も換えを出しておくから持っていって」

かいがいしい《明の星》に、傑は思わず言葉が漏れた。

「お母さんみたいだな」

「せめてお父さんと言ってほしい」

むっとした様子の《明の星》に、傑は二日ぶりに笑った。

「この時期に出立するのは無謀だよ。案内の経験のある奴に声をかけるから、途中まで連れていったら？」

「それは助かる！　報酬はきちんと払う。どれくらいが相場になる？」

「まず、引き受けてもらえそうか聞いてくるよ」

頷《うなず》くと《明の星》は、食料を積み終え、掃除まで始めてくれた若い衆のうちの一人に声をかけに行った。

すぐに笑顔で戻ってくる。

「大丈夫だって。最寄りの人里まで送るってさ。でも準備に数日欲しいって」

なお、「最寄りの人里」と軽く言っているが、ここから定住している者たちの村落まで到達するのに、数日は要する。

「分かった。太監たちにも伝えておこう。彼らの馬もまだ疲れているみたいだから、休ませたほうがいい」

「それにしても、二人がいなくなると寂しいな……」

しんみりと呟《つぶや》く《明の星》に、傑は驚きの声をあげた。

「いや、なんのことだ？　じいやは置いていくが」

「えっ」

「なんですと⁉」

《明の星》とじいやは、傑を上回る驚きの声をあげるが、逆になんでその反応になるのか、傑には分からない。

「じいやまで連れて行ったら、完全にここを引きあげたことになるだろう。それは、自分を罪人と認めたことになる。私はあくまで、瑜妃の祝いに一時的に行くだけなので、留守居を置く。となるとじいやに残ってもらうしかない」

じいやは傑の言い分を聞き、重々しく頷いた。

「なるほど……では適当に人形でも作って置いておきましょう」

頷きが重々しいだけで、別に納得したわけではなかった。

傑は呆れ声で言う。

「人形は日誌を書けないだろうが」

傑は赴任してから毎日日誌を書いていた。《明の星》たちに保護されていた間のことも記憶しておいて、砦《とりで》に戻ってから書き上げた。

さすがに死にかけて意識を失っていたときのことまでは書けなかったが、そのあたりは「療養中」と記載している。

置いていかれることが判明したじいやは、猛烈に駄々をこねた。

出発は数日後の早朝に決まった。

まだ暗い中、傑たちは宦官たちが連れていた馬と、案内の少年が牽《ひ》いてきたトナカイ二頭に食料などを積んだ。ちなみにじいやは、今でも不満たらたらである。

「そりを使いたかったんだけれど」

《明の星》は言う。雪はまだ残っているが、場所によっては地面が露出している箇所が続くため、立ち往生する可能性を鑑みての選択であった。

トナカイは一頭は案内役の少年のもので、もう一頭は《明の星》の祖母が餞別《せんべつ》にとくれたものだという。もし食料が足りなくなった場合の、非常食も兼ねている。

彼らにとっては大事な家畜だ。できれば食わずに返してやりたいと傑は思っている。

「食料」と聞いて以来、従者がキラキラした目でトナカイを見ているが、全力で阻止しようと考えていた。

人里に出た時点で案内とトナカイを帰し、そして傑が乗るための馬を買おうということになっている。なにせ使う機会が殆《ほとん》どないのに、定期的に送ってこられるものだから、銀子は余っているのだ。

「春先だから、雪崩に気をつけて」

《明の星》はそう言い、次いで旅の無事を彼ら流の言い方で祈る。

「それは、気をつけてなんとかなるものなのか？」

「雪崩」と言われて、傑はゾッとしていた。

傑は雪崩に遭遇はしていないものの、何度か遠目で見たことはある。発生した時点で気づけても、なにもできずに巻きこまれる自信が傑にはあった。

「野営の場所とか考えれば、ある程度は防げるよ。道中彼に聞くといい」

彼、と案内役を示して《明の星》は言った。

「いちばんいいのは、もう少し経《た》ってから出発することだと思うんだけどね……」

それを聞いていた従者が、「旦那さま、出発をもう少し遅らせませんか」などと言いだした。状況に応じてころころと態度を変える彼は、よく言えば危機管理能力が高い。絶対に長生きするであろう彼が一緒なら、道中も大丈夫ではないかと傑は自分に言いきかせた。

かくして、従者言うところの「馬球《ポロ》に喩《たと》えたら、ここにいるのは馬でも乗り手でもなく球と棒」である二人に、普通体型の傑（と途中まで案内役）が加わることになった。

なかなかの珍道中が期待される面々だったが、特に問題なく旅は進み、人里に至った時点で案内の少年と別れることになる。なお、トナカイは二頭とも無事に返すことができた。

その後も道中は問題なく進んだ。

道中は。

※

一方、じいやと留守居の《明の星》には問題が起こっていた。といっても、仲違《なかたが》いしたというような類の話ではない。

傑がいない間、屋根の修理に勤《いそ》しんでいた二人は、遠くにトナカイを牽く男を見つけた。

「あ、戻って来たみたい」

《明の星》の声に、じいやががばりと身を起こす。

「なに、傑さまが？」

そう言って目を凝らすが、彼の眼《め》では小さな点としか見えないようだった。

「そんなわけないでしょ。案内の彼だけだよ。あとじいやさん、いきなり動くと落ちて死ぬから危ないよ」

「なんだ……」

じいやがあからさまにがっかりする。

「傑に、そんなに戻ってきてほしいんだ」

「うむ……お妃さまは、おそらく傑さまにここに留まってほしいというご意向だと思うからな。だからここに残ったほうが、傑さまの御為《おんため》になるはずなのだ」

《明の星》は少し黙ったあと、探るように問いかけた。

「じいやさんって、傑と一緒にいる時間は短いんだよね？」

「まあ、そうだなあ」

「そのわりに傑のお義母《かあ》さんのこと、ずいぶん信じてるのはなんで？」

応答えた。

質問に質問を返すじいやは、まともに取りあう気はなさそうだったが、《明の星》は一

「……そのお義母さんが美人だからとか？」

問われ、じいやは感慨深げに頷く。

「お妃《きさき》さまは、確かに先帝の後宮の中でも随一の美貌の持ち主だったたな」

「へえ、そうなの」

《明の星》が相づちを打つと、じいやは「他のお妃さまは見たことはないが、間違いない」と言いだした。

主観丸出しのじいやの意見に、急に信憑《しんぴょう》性がなくなった。

《明の星》は数回瞬《まばた》きをしてから、さらに問う。

「……じいやさんって、もしかして傑が知らないだけで、お義母さんと個人的に関わりがあるの？」

じいやはしわぶきを一つしたのみであった。

「あるんだ。その接点で、じいやさんが傑の付き人になったたって流れ？」

「……お前さんは頭がいいな」

「ありがとう。でも今のはじいやさん、相当露骨だったから、けっこうな数の人が分かる

「なぜだと思う？」

と思うよ」

「むう」

じいやは不本意だと言いたげに、しかめ面をした。

「このじいが、傑さまの生母の父親だとしたらどう思う？」

《明の星》は一瞬「ん？」という顔をして、じいやに問う。

「それってつまり、お祖父《じい》ちゃんってこと？」

「いいや違う。皇弟——傑さまの祖父にはならん」

「どういうこと？」

「庶出の子にとって、祖父とは嫡母の父親になる。国舅《こっきゅう》……今は亡き皇后陛下の父君が正式な母方の祖父となる」

《明の星》は、「わけがわからない」と言って、首を横に振った。

「正式なお祖父ちゃんがいたとしても、お母さんのお父さんもお祖父ちゃんでいいじゃない」

《明の星》の意見に、じいやは即答した。

「お母さんのお父さんということなら、皇弟のご養母のお父君がそれに当たる」

「もっとわけがわからない。お祖父ちゃんって、一人じゃなきゃいけないものなの？　いっぱいいてもいいじゃない。お得な人生だよ」

「そうかね」

《明の星》は、口を尖《とが》らせて主張する。

「そうだよ。孫のことを可愛《かわい》がっているなら、お祖父ちゃんでいいでしょ」

「それを言うならば、国舅が皇弟の祖父君に該当するかが怪しくなるんだな……」

「やだぁ、不穏。都の人って冷たいんだね」

と、《明の星》がぽつりと呟いた。

「不穏なのはそのとおりだよ。冷たい人も多い。だがね、温かい人も多いし、幸いなことにそういう方たちとの付き合いに恵まれる者もいる」

「じいやさんは、恵まれていたんだね」

「そうだね」

「それは、じいやさんが皇弟のお祖父ちゃんであることと、関係がある?」

ややこしい関係性を先に気にしたせいで、じいやが傑の実の祖父ということをすんなり受け入れてしまった《明の星》だった。

「いやいや。じじいは、『もしも』の話をしているだけで、そうだとは言っておらんぞ」

「分かった。そういう設定ということだね」

都の人ってややこしいなあと思いながら、《明の星》は早く先を語ってほしかったので、話を合わせた。

その男は、建国以来の名家で生まれた。

といっても、敷地《しきち》内で生まれたというだけのことだ。彼は家奴《かど》の子であった。家奴の子もまた家奴となる。彼は当然のようにその道を歩み出した。ただ、偶然の巡りあわせで、主人の嫡男と同じ年に生まれたため、遊び相手を務めることになった。

もちろん嫡男には乳母がおり、その子も同じ年回りの男児であったが、体が弱く、遊び相手としては不足があった。しかし乳母子《めのとご》も遊ぶことが嫌いだったわけではなく、男は嫡男と乳母子を引っ張るかたちで屋敷《やしき》を駆けまわり、代わりに勉強を教えてもらったものだった。

そしてある一定の年齢になると、嫡男と共に過ごす時間を減らされ、そのぶん家奴としての教育を受けた。

彼の父は主人の身の回りを守る私兵だったから、彼もまた同じ役回りを期待されて、武芸を身につけることになった。

特に転機が訪れることもなく、父亡き後は役割を引き継いで無難にこなし、主人亡き後は、新たな主人となった嫡男の身辺を守った。

父のように生き、そして死んでいくであろう自分に疑問は持たなかった。かといって、惰性で仕事をこなしていたわけではなく、やりがいを間違いなく感じていた。

父と違ったのは、婚期が遅くなったことだ。新たな主人に子が生まれ、やがてその子が結婚しても、男はまだ独り身で、このまま婚期など訪れないのだろうと思った矢先に、若奥さまに付いてきた奴婢《ぬひ》との縁談がとんとん拍子に進み、ずいぶん若い妻を得た。

その妻は、若奥さまと同時期に出産し、同じ女の子であったことから、娘はお嬢さまの遊び相手となった。

男は、我が子にかつての自分や妻を見るような思いであった。

やがてお嬢さまが後宮に入る際、娘も付いていくことになった。

「婚期が過ぎる前に、きっとお前のところに帰します」

若奥さまは、男にそう言ったが、娘が望むのならば一生お嬢さまにお仕えしていてもいいと男は思っていた。

男の妻は、男よりずいぶん若かったのに、娘が幼いころに流行《はや》り病で呆気《あっけ》なく亡くなっていた。彼女がいたら、夫である自分亡き後の生活を案じて、娘が戻ってくるよう強く願っていただろうが、自分一人ならどうとでもなると思っていた。

数年が経ち、ある日いきなり主人に責め立てられた。娘がお嬢さまを差し置いて皇子を出産したからだと。娘が産褥《さんじょく》で死んだこともその時に伝えられた。

そしてそのままの勢いで、屋敷から追いだされた。その時は世界を呪い、死んだ娘のことで嘆き、おそらく生涯会えないだろう娘の子を想《おも》った。

しかし、絶望する暇もなく、通りかかった元主人の乳母子が男を拾った。彼は官僚として相当出世しており、男はその伝手《つて》で皇宮に数多《あまた》ある門の一つの警護を務めるようになった。

この時点までは、男は一連の流れをたまたまのことだと思っていた。いや、思っていたかった。長らく仕えていた主に切りすてられたことは、彼にとって心の痛手だったからだ。憎まないと心が保《も》たなかった。

男が守っていた門は、皇宮の中にある花園に繫《つな》がっていた。内側は宦官《かんがん》たちが、外側は男たちのように宮《きゅう》していない男性が守る。

花園は妃嬪《ひひん》たちが出入りすることも多いというが、男のいる門はその片隅にあったため、妃嬪の姿を垣間見《かいまみ》ることはなかった。

日中は開いている門から見える花々が、それほど珍しくはなかったことからも、妃嬪たちの足が向かない理由がわかる。

けれども、珍しくはなくても妻と娘の好きだった流蘇《りゅうそ》の木が見えたので、男は自分の守る門に愛着を持てた。

その花が咲くころに、懐かしい姿を見た。

数年経《た》ってより美しく成長したお嬢さまが、門の近くに現れた。もちろん一人ではなく、側仕《そばづか》えを連れていた。そして、腕には赤子を抱いていた。

お嬢さまは流蘇の木を見上げ、そして門の外にいる男をちらりと見やった。

その時男は悟った。お嬢さまの腕にいる子は娘の子であること、男に赤子を見せるためにお嬢さまと元主人が、便宜を図ってくれたこと……。

以来、月に一度お嬢さまは孫を連れて、流蘇の木を眺めに来た。元主人の乳母子が教えてくれた、娘の月命日だった。

最初に来た時以外、お嬢さまが門の方を見ることはなかったが、子が門から見えやすいように気を遣っていることが、男にはわかった。

やがて月日が流れ、皇弟が左遷される際、一門番にすぎない男が付き人に指名された。誰もが人事に悪意を見いだしていただろう。だが男だけは理解していた。これはお嬢さまから孫への最大限の配慮で、身命を賭《と》して娘の子を守れるのはその男しかいないという思《おぼ》し召《め》しなのだと。

「だから、な。もしじじいが傑さまの生母の父であるなら、一緒にいること自体が、傑さまに対するお妃さまからの疑いようのない愛情の証《あかし》なのだよ」

「なるほどね」と、《明の星》は頷《うなず》いた。

「傑が話していた『もし俺が皇弟だったら』より、ずっとおもしろかったよ。『もしじじ話』

傑がいたら、変な略し方をするなと怒っていただろう。

「その男の人のご主人さまは、どうして長く仕えた男の人を、酷《ひど》いかたちで追いだしたのかな？」

《明の星》が疑問を口にすると、じいやはふっと笑った。そこには苦いものではなく、どこか懐かしそうな感慨が含まれていた。

「そうでもしないと、他の者に示しがつかなかったのだろうな。あからさまな特別扱いになるから。そういう方だった」

「不器用なんだね」

じいやは遠い目をした。

「そうだな……お嬢さまもよく似ておいでだ。このじじいが皇弟の生母の父だと、ご自分から告げられないところが」

「もしもの話なんだよね？」

「そう、もしもの話だよ」

そう言ったところで、案内の少年が門の辺りに辿《たど》りついた。

「開けて〜」と呼ぶ声に顔を見あわせ、二人は座りこんでいた腰をあげた。

じいやと《明の星》が出迎えると、少年は片手をあげてくる。

「よ」

「お帰り、傑は無事に？」

「ああ。あの坊ちゃん律儀だな。女衆に甘味でも買ってやってくれって、手間賃を弾んでくれた。ちゃんと礼金の約束してるってのに」

と、少年は苦笑する。しかし馬鹿にしたようなものではなく、すこぶる好意的なものだった。

肩をすくめる《明の星》も、同じ気持ちだ。

「まーたあの子、うちの婆《ばば》さまたちの心を鷲《わし》づかみにするようなことして」

じいやもにこにこしている。

傑には自覚はないようだが、物腰柔らかで誰に対しても、特にご年配のご婦人に対して紳士的な傑は、《明の星》の部族の中でも人気があった。

幼少時に栄養状態がよかったのであろう、同年代の少年たちより発育がよく、頭もいい。物知らずなところがありながらも、教えを請う態度が素直で、面白い話もよく知っている彼は、皆に愛されるようになっていた。

傑のことを「あの子」と言っている《明の星》なんか、その筆頭である自覚がある。彼は、傑のことを弟のように感じていた。

背丈は、《明の星》のほうがだいぶ低いけれど。

これで傑が若い女の子たちを誑《たら》しこむような素振りを見せたら、袋だたきにされて摘《つ》まみだされていただろう。しかし、傑にはそんな素振りはなく、むしろ丁重に距離を置いている。

選《え》りすぐりの美女を見て育ったから、こんな鄙《ひな》の女には興味が湧かないのだろうと、《明の星》は思っている。

じいやはそれに同意しつつも、一つ付けくわえていた。そして女の怖さを割と知っているからだろうと。

彼が生きていた世界が華やかなだけのものでないことは、長の息子なだけあって《明の星》にも多少は分かる。

しかしそれでも、傑を見ていると、養母はいい人で、傑を厳しく愛情深く育てたのだろうな、と思える。じいやの「もしじじ」話を聞いたらなおさらだ。

「それで、な」

不意に少年が表情を曇らせた。

「死者への祈りを捧《ささ》げたい」

「ああ……帰りの途中で行き倒れでも見つけた？」

「行き倒れというか、雪崩の被害者が雪から出てきた感じだった。獣に食い荒らされる前だったのが幸い、と言ったところだ」

雪解けに伴い、現れるのは地面だけではない。埋まっていた色々なもの、凍死した者が現れるのもよくあることだ。

隣で聞いていたじいやは、この辺りで「よくあること」を知らないはずだが、話の流れでなにやら察したようで、「痛ましいことだ」と嘆息した。

もしかしたら傑やじいやもそういうふうに発見される側だったかもしれないなと思い、《明の星》は少し気が重くなった。そしてそんな自分に驚いた。「よくあること」に、「気の毒に」以上の感情を持つのは、久々のことだった。

自分はけっこう傑に肩入れしているのだな、と《明の星》は自覚した。

「日が暮れる直前だったから、埋めてやる余裕がなくて。髪一房と、荷物だけ持って離れ

「るしかなかった」

　見つかった遺体は、休んでいる最中に雪崩で押しつぶされたようで、荷物は頭の下に置いたままだったという。

「多分けっこう旅慣れてる人だったんだろうな。あの辺り、俺の知るかぎり雪崩なんて起きたことがない場所だったから、分かってて泊まってたんだと思う」

渋い顔をして、少年はトナカイの背に積んでいた荷の一つを下ろした。

「そうか。遺族が見つかるといいけれど」

そう言いながら、《明の星》は荷物を検《あらた》める。次に人里に下りる者がいたら言付けを頼んで、荷物と死者のことを里長に託す。稀《まれ》に、行方を捜す者が里に辿りつくこともある。

といっても《明の星》たちも、無償の精神でやっているわけではないので、遺品の中から手間賃分の物品をいただきはする。里長も荷物の保管料分は引いているはずだ。

ある程度の利己心があるからこそ、こういう善意が長く続いているともいえる。

とはいえ、あまり大金が出てくるともめごとの種になるから、嫌だなあと思いながら、《明の星》は袋から丁寧に物を取りだす。

袋の底から、油紙で厳重に封印した包みが出てきた。

「あ、為替かな？　身元分かるかも」

手がかりになりそうなものの発見に、声が弾む。

発行元にもよるが、名前が書かれている場合があるし、書かれていないにしても発行元からある程度の情報は得られる。

といっても、《明の星》はそれほど字が読めないが。

珍しい話ではない。むしろちょっとでも読める《明の星》は、部族の中では高等な教育を受けているほうである。

包み紙を開く。《明の星》の予想は、半分当たった。何重かにしたものの中から出たのは為替と手紙だった。

「お」と、少年が声をあげる。

「遺族はついてるな。もしかしたら遺品丸ごと返せるかもしれないぞ」

「そうだね」

頷きながら、《明の星》は手紙を開く。ほとんど読めないが、署名の部分に書いてあるよくある姓くらいは分かった。そして幸いなことに、名も難しい字ではなかった。

「趙《ちょう》……晴《せい》、心《しん》」

「娘の名だ」

ふいにじいやが声をあげた。その低い声に、《明の星》と少年は、揃《そろ》って肩をビクリと跳ねさせた。

「えっ、てことは、傑のお母さん？」

ついさっき聞かされた「もしじじ」話のとおりだったら、じいやの娘は傑の生母で、そしてもう死んでいるはずだ。

少なからずゾッとして、手紙を取りおとしそうになる《明の星》に、じいやが手を差しだした。

「じじいが読んでもいいかね？」

「うん……どうぞ」

じいやは差しだされた手紙に視線を走らせると、深いため息をついた。

「お嬢さまの字だ……」

お嬢さまということは、傑の養母である。

「えっ、てことは……傑のお義母さん？」

生母と養母。どちらにせよ傑の母親である。

傍《はた》から聞いていれば、会話の流れがちょっとおかしい。なにも事情を理解していないはずの少年は、不思議そうな顔をしている。

しかし彼が口を挟まなかったのは、母親が複数いるのはおかしくないことだったからというのはもちろんあるだろうが、彼がいたずらに口を挟んで事態を引っかきまわすようなことはしないわきまえた人物だったからでもある。

「わけありなんだね。なんて書いてあるの？」

「うむ、それはな……」

じいやは重々しく言った。

「よく分からんのだ」

「あ？」

《明の星》はもちろん、今度は少年も声をあげた。

「……じいやさんも、そこまで字は読めなかったりする？」

「まあ子どものころに、齧《かじ》った程度だからな」

それでもここに書いてある字自体は、ほぼ分かるのだという。

しかし古典からの引用が多用され、ところどころ詩歌《しいか》で仕立てられているせいで、字面は分かっても内容は理解できない。

「こう、なあ……格調高いことが書いてあることだけは、分かるんだがね。内容は理解でききんし、多分その裏に隠されてるだろうなんやかんやも理解できんのだなぁ。傑さま宛てだから、多分傑さまなら分かるように書かれてるんだろうな」

「駄目じゃん」

「ほぼ暗号じゃん」

苦笑いするじいやに、《明の星》と少年は口々に突っこんだ。

「しかし分かることはある」

「……それは？」

「傑さまが危ないということだ」

「そうなの？」

「お嬢さまが、わざわざ娘の名を用いて、傑さまにしか分からないようなことを書かれたということは、そうでしかない」

じいやは確信を持っているようだった。

「そうかなあ……」

「じじいはこれから傑さまを追いかける」

手紙を懐に突っ込み、どこかへ駆けだそうとするじいやを、《明の星》は慌てて止めた。

「待って待って！」

少年も加勢する。

「じいさん、それはちょっと無謀だわ。せめて明日の朝まで待って」

「いや、そもそも出発したら駄目でしょう。留守番になった理由がほら、あれでしょう？」

「さらに留守番を頼めば良いだけのこと。坊ちゃん、よろしくな」

「わたしィ⁉」

《明の星》の声が引っくりかえった。

「なに、給金は弾む。日誌は一言か二言でいいから」

「いや、お金の問題じゃなくて、じいやさん一人で行かせるのが心配なんだよ。せめて人里に出るまでは」

《明の星》は渋った。

「俺が留守番しようか？」

少年が口を挟む。「もうちょい小遣い稼ぎたい」と付けくわえたので、じいやを心配する《明の星》を慮《おもんぱか》ったからではなく、わりと私利に基づく提案であった。

「お前は日誌書けないだろ」

と、《明の星》が言うと、少年はあっけらかんと言う。

「覚えとくさ。俺記憶力いいから、一月くらいは大丈夫だ」

「ほう、そうなのかね？」

じいやが興味深そうに問いかける。

「うん。でも日誌とやらに必要な要点とか分かんないから、起こったことを朝の分から一から話すことになるけど」

「変に全部覚えてるから、聞きとりにすごく時間かかるんだよ」

と、《明の星》が補足する。

「いや、もうそれで構わない。どうせ聞きとりをするのは、じじいではなく傑さまになるはずだからな。多分お前さん、傑さまと相当気が合うぞ」

「えっ、そうなんすか」

「傑さまもわりとそういうところがある」

「まじか。もっと絡んでおけばよかった」

少年はものすごく悔しそうだった。

「だから気後れする必要ないって言ったのに」

《明の星》が呆《あき》れたように言う。

「でもさあ、いかにもいいとこの坊ちゃんって感じだからさあ」

「むしろ記憶力が心許《こころもと》ないじじいが半端に覚えて書くより、全部覚えている人間に託したということにすれば、傑さまも文句は言えない……いや納得できるだろう」

「そうだねー」

わざわざ語尾を言いなおしたじいやのことを、《明の星》は追及しなかった。

「そうと決まれば、すぐ出よう」

年齢を感じさせない軽快さで走りだそうとするじいやを、《明の星》が制止する。

「わたしも荷造りするから、それくらいは待ってよ」

「俺が持って帰ったの使ったら？」

「それだと里に出るくらいまでしか持たないだろ」

「坊ちゃん、もしかして、都まで付いてくるつもりかい？」

驚くじいやに、《明の星》はちょっと表情を曇らせた。

「わたしさ、傑に義母が義理の息子と結婚するのなんて普通って話をしたとき、ちょっと思ったことがあるんだ。結局のところ、夫がいないと前の夫との子も守れないから、再婚するんだよ。傑のお義母さんも、それで結婚したのかなって。それくらい傑のことが大事なのかなって」

「……じじいも、同じことを考えている」

「それを知ったら、傑、死んじゃったりしないかなって思った。自分のせいでお義母さんが、そんなことになってるなんて」

　じいやがはっと息を呑《の》んだ。

「まさか、傑さまが自死など」

「でも、もし知ったら、お義母さんのために今の皇帝に楯突《たてつ》くくらいのことはしそうじゃない？」

「……しそうだな」

「あいつの頭冷やしてやる人間は、多いほうがいいじゃない？　傑、わたしの言うこと、わりと聞いてくれるって自信があるんだ。なんせ命の恩人だからね」

「坊ちゃん、傑さまのこと相当好きになったんだなあ」

「うん。傑さ、わたしと一緒にトナカイの糞《ふん》集めに行くと、『うわー』って顔してたんだよね」

　唐突に変わった話に、じいやが妙な顔をする。

「それは好きになる要素として正しいのかね？」

「もうちょっと聞いて。それで傑って『うわー』って顔したまま、文句言わないでしっかり仕事するんだよ。その時ね、思ったんだ。この人は汚いと思っている仕事もちゃんとするんだなあって」

「ほう」

「命の危機を共有できる相手とは強い絆《きずな》で結ばれるけど、汚いことも共有できる相手とは長い絆で結ばれる……わたし、傑のこと、そういう相手になるんだなって思ってるんだ。ちょっとじいやさん、どうした？」

じいやは不意に目頭を押さえた。

「いや……年を取ると、感動を素直に受けいれられるようになるもんだな。いい話を聞いてしまった」

「恥ずかしいから、傑には言わないでよ」

※

一方、傑は順調に旅を続けていた。だから遅れて出発したじいやと《明の星》に、追いつかせてあげるようなことはしなかった。

けれども順調だったのは旅路だけで、宮城の門をくぐったところで取っつかまった。

なんでと言われても、実際そうなのだから仕方がない。いや、傑も「なんで？」とは思ったし、言ったのだ。

だがその疑問には誰も答えてくれなかった。

連れて行かれる傑を前に、宦官《かんがん》と従者がぽかんと口を開けていた顔が印象に残っている。彼らは捕縛の対象ではなかったようで、傑は安心するとともに、この後彼らに累が及ばなければいいなとも思った。短くない旅路を助けあって進む中、傑は彼らに連帯感やら愛着やらを抱いてしまっていた。

相手もそうであれば、助けたいと思ってくれるかもしれないが、実際に助けてくれるとはかぎらない。

あの宦官が、宮城の中で力を持っているようであれば、厳しい季節に傑のもとにほぼ単独で送りこまれるようなことは、起こらないはずだった。

それに宦官の類は、だいたいは長いものに巻かれてしまうものなのだ。期待などできなかった。

相手に情をかけるときは、情を返されることを期待するべきではない。傑はこの一年で、主に《明の星》たちとの暮らしの中で、それを学んでいた。

それより今は、と傑は自分が押し込められた房をぐるりと見回す。背後ではごとごとと、閂《かんぬき》のかけられる音が響いている。

ここに来るまでに目隠しを付けられたため、宮城のどこかという具体的な場所は分からない。窓には板が打ちつけられていて、光は漏れているものの外を覗《のぞ》くことは叶《かな》わなかった。

だが天井の格子に施された優美な装飾から見て、後宮の一角にある建物であると傑は察した。生まれてから十数年間、ずっと暮らしていた場所だから、そういう雰囲気はよく分かる。

とはいえ、後宮育ちといっても、やはり皇子は皇女ほど好き勝手に他の宮殿に入ることは許されていなかったから、すべてを見たことはない。だから入ったことのない建物であることしか分からなかった。

卓が置かれた房と、寝台が置かれている続きの間、その反対側には煮炊き兼下仕えが起居する土間がある。

ここは比較的下位の妃嬪《ひひん》に与えられる建物のようだった。今はほとんど使われていないようで、調度のほとんどは運び出されている。そのせいで、ずいぶんとがらんとしている。埃《ほこり》が溜《た》まっているようなことはなかったが、皇帝の弟が入れられるにしては、あまりにも簡素なところであった。

一年前にこの房に押しこまれたら、傑の脳裏には「冷遇」とか「軟禁」とかいう単語が浮かんだであろう。

だが今の傑は、辺塞に放りこまれたうえに、冬に建造物が倒壊するという憂き目を経験し、道中が順調であったといっても埃まみれになって宮城に着いたばかりである。

玄関の横には清水が湛《たた》えられた甕《かめ》があり、続きの間には整えられた寝台がある。もうそれだけで、歓待されているも同然だ。

うきうきで汚れた服を脱いで体を拭いた。そして着替えがないので、素《す》っ裸《ぱだか》で寝台に飛び込んだ。

一瞬で落ちた夢の中で、じいやと《明の星》が苦笑いしている姿を見たような気がした。

傑が深い眠りについたのとほぼ同時に、門が動く音がしはじめ、そして玄関の戸が開けられた。ずいぶん勢いがよかったため、相応の音が響いたのだが、疲労しきった傑は起きる気配もなかった。

身なりのよい男性が入るなり、皮肉げに笑う。

「久しいな、愚弟よ……ん？」

当たり前だが、隣の間で寝ている傑は、返事をしなかった。

「おい、愚弟はいるのか？」

振り返り、宦官に問いかける。

「は、確かに……ここに入れた、と、聞いております」

皇帝の下問に、慌てふためきながら宦官が入ってきて、建物の中をそそくさと検《あらた》める。

さほど広い場所でもなく、また傑は別に隠れているわけでもないので、すぐにその居場所を突き止め、皇帝の下に戻って神妙な顔で報告した。

「寝台で寝ておいでです」

皇帝の顔が一瞬で怒りに染まった。

「起こせ！」

「ですがその……」

宦官は歯切れ悪く言った。

「何だ!?」

「お召し物を着けていないようで」

宦官の言葉に、皇帝は目を剝《む》いた。

「なんで素っ裸で寝ているんだ!?」

「おそらく、お召し物が汚れていたからだと」

ここで、皇帝の後ろに控えていた女性が口を開いた。

「わたくし、そんなむさ苦しいものを見たくはありませんわ、皇上」

いかにもうんざりしたような声だった。

「しかし瑜妃よ……」

「それにわざわざ皇上が直々にお出ましになったというのに、寝ているような戯け者《たわけもの》、相手にする必要はございません」

「そうだが……」

入る前に一声もかけなかったのは、傑が寝ているのが想像の埒外《らちがい》だったからのようだ。

「それに、今から起こしてやるというのは、皇上が待ってやっているように見えて、どうも威厳を損なうかと」

「それもそうか……いやしかし、寝るか？　ここに叩《たた》き込んでまだ時間は経《た》っていないというのに。寝るか？　しかもすっぽんぽんで」

皇帝はぶつぶつとぼやいている。

女性がふと微笑《ほほえ》んだ。

「わたくしの宮でお茶でもいかがでしょう。このごろ、身重の皇后陛下の御為《おんため》に、わたくしのほうからお越しをご遠慮しておりましたが、やはり寂しゅうございまして。偶《たま》には……いかがでしょう」

作ったような甘い声に、皇帝は喜色満面になった。

「そうだな！　そうしよう！」

皇帝はいそいそと踵《きびす》を返す。

それに従って去る前に、女性は宦官に指示を出す。

「ノミでも持ち込まれたら困るわ。皇弟が寝ている間に、彼が持ちこんだ衣服は燃やして、今後皇上の御前に出ることになったとしても、恥ずかしくないものを用意なさい」

そして、傑が寝ている寝室のほうを一瞬見て、呟《つぶや》いた。

「ずいぶんと図太くなったようね……」

※

傑が起きたのは夜だった。

その日の夜だったのか、翌日以降の夜だったのかは本人には分からない。ただ、寝台の上に起きあがり、ぐるりと辺りを見回しても、窓から漏れでる光すら見えなかったから、夜であることは間違いなかった。

傑の目覚めは最高に良かった。

さすがきちんとした寝具で寝ると、良質な睡眠が取れる。

傑はピカピカの顔（と本人は思っている。実際には目やにがついている）で起きあがると、目が暗闇に慣れるのを待って寝室から出た。手探りで卓に向かうと、そこには布の塊が置かれていた。手に持ってよくよく眺めると、新しい衣服であった。そして着ていた衣服は、どこにもない。洗ってまた着るつもりだったので、残念だった。

どうも人の出入りがあったらしい。傑は目を凝らして辺りを見回す。

玄関のところに、なにやら荷物が置かれている。これはここに入れられたときにはなかったものだ。暗いせいでよく見えないが、薪《まき》があることは分かった。

傑は薪を持つと隣の土間に移動した。換気のための穴から、ちょうど月光が差しこんできていたので、その微《かす》かな光で手元を見ながら竈《かまど》で火を熾《おこ》した。

その火を手燭《てしょく》に移して、また玄関に向かう。戸に、一日一度入れかえを行うと書かれた紙が貼ってあった。よく見ると、使ったはずの甕の水が補充されている。

荷物を検めると、未調理の食材と燃料があったので、傑は「ぷひゅう、ぴひぃ～」と下手くそな口笛を吹いた。《明の星》に教えられた口笛は、まだ練習中なのだ。

それの横には、用を足すための尿瓶《しびん》や壺《つぼ》が置かれていた。これも大事。

ぐう、と腹の鳴る音が響き、傑は食材の袋を持って土間に向かい、煮炊きを始めた。ずいぶんと待遇がいいなと、再度思いながら。

なお、やはりこれは、傑の価値観が一度ぶっ壊れたから思えることである。

今の傑はなんでもないことのように行えるが、本来、深窓の育ちのものは、自分で煮炊きなどできない。まず、火を熾すこともできない。どうしたらいいか分からず、ただ悲嘆に暮れることしかできない。

政争に負けて閉じこめられた妃嬪が、食材だけ与えられてもなにもできず餓死するなんてことは、歴史上でもあった話だし、閉じこめるほうも狙ってそれを行う。手も足も出ない状況を、愉悦の眼差《まなざ》しで見守るのだ。

その歴史を知っている傑は、できあがった粥《かゆ》をすすりはじめたあたりで、「もしかしてそれを狙われていた？」と気づいた。

意図せず相手の裏をかいたことになるわけだが、爽快感は特にない。むしろ少し焦った。傑に生活力があるということが相手に判明したら、単純に食材の供給が断たれるかもしれないということに、思いいたったからだ。

傑の粥をすする手が一瞬止まったが、すぐに食事を再開した。どのみち食わなきゃ死ぬ以上、食材が減ることは避けようがないし、煮炊きの煙はもう外部に察知されているはずだ。今さら取りつくろっても意味がない。

なにより、せっかく作った粥なのだから、おいしいうちに食べてやらねばならない。もはやこれは、食材に対する義務である。義務を放棄することは、皇弟のやることではないし、《明の星》に拳骨《げんこつ》を食らわされる。

早いうちにこの建物から脱出する方法を考えなくてはならないなと思いながらも、傑は粥を完食した。

そうして改めて建物の中を見回る。土間のほうは煮炊きする場所なだけあって、さすがに換気のための穴が天井のほうに、汚水を流す簡素な穴が床のほうに開いているが、どちらも小さすぎるので、脱出には使えそうもない。

――最悪、火事でも熾せば、どさくさに紛れて逃げられるだろうか。

現実的には、火に巻かれて死ぬ可能性のほうが高いから最終手段ではあるが、そんなことをすっと思いつく傑は、瑜妃が言うとおり、確かに図太くなっている。

《明の星》の影響……というのは、彼に対して失礼だろう。そういうことにしたら、彼から猛烈な抗議が来るだろうし、実際《明の星》はそこまで物騒なことを傑に言いきかせはしていない。だから傑には、元から思いきりがよくなる素質があったのだといえる。


ところで、傑が軟禁されている建物を見守っていた人影がある。

それは、煮炊きの煙が出てきた時点で、建物からそっと離れ、後宮内のある宮に入っていった。

宮の主は、書斎の窓にもたれかかって、物憂げに外を眺めている。人影はその姿に背後からそっと声をかけた。

「瑜妃さま、戻りました」

瑜妃と呼ばれた女は、素早く声のほうに体を向けた。

「ずいぶんと早い、わね。ということは……」

「ええ、皇弟殿下、ずいぶんと生活力を身につけて戻られたようです」

人影こと瑜妃付きの侍女は、そう言って、瑜妃の前に小さな箱を置く。そこには瑜妃が手ずから作った点心が入っており、三日経っても煮炊きの気配がないようだったら、中に投げこむようにと指示を出していた。

瑜妃はそれを見て、声をあげて笑った。

「どうも、あの子ったら……本当に図太くなったようね！」

皇弟が去ってから一年の間、瑜妃がこんなに屈託なく笑うことは一度もなかった。少なくとも、侍女が把握しているかぎりでは。

だが、不意に笑みを消し、また物憂げな気配を漂わせる。

「どんな苦労を……して、きたのかしら」

養い子のこの一年を思って胸を痛めている瑜妃に、侍女は慰めの声をかけなかった。それほど気安い関係だからというわけではない。逆に気安さとはかけはなれた、お互いの利害でのみ結びついている関係だからだった。

「こちらの点心は、瑜妃さまが召し上がりますか？」

「いらないわ。どうせ明日皇上が来るだろうから、その時に出す。わたくしが作ったと言えば、喜んで食べるでしょう。嘘《うそ》ではないのだし」

素っ気なく問う侍女に、こちらもそっけなく瑜妃が言う。

「それで、あなたが忙しくしている間、あなたの主君から手紙が来ていたわ」

瑜妃は、手元に置いていたものの開きもしていなかった本の間から書簡を引っぱりだして、侍女に差しだした。

「ありがとうございます」

軽く頭を下げると、侍女は退出の挨拶も告げることなく、瑜妃の前から去っていった。

瑜妃はそれを咎《とが》めることもなく、また窓にもたれかかり、外を眺める。

元々彼女の宮からは見えようもない距離にあり、ましてや今は夜であるため、なおさら見えるわけがないが、その視線の先には傑のいる建物があるはずだった。

※

じいやと《明の星》は、行きしなに手紙を持ってきた者の供養を行うこと以外は、寄り道せず傑を追いかけたが、まったく追いつく気配がなかった。

それもそのはず。

傑たちは特に足止めを食らうこともなく、しかも路銀が潤沢だった。そのうえ従者はともかく、傑も宦官《かんがん》も途中で遊山するなんて考えもしないくらい真面目だったから、最短で宮城に辿《たど》りついた。従者に言わせれば、まったく面白みのない旅だった。

一方のじいやも路銀は持っていたが、傑たちほどというわけではない。それでもだいぶ彼我の距離を縮めはしたものの、結局追いつかなかったので、当事者たちはそんなことをまったく理解していなかった。

人生においては、血気盛んな若者が先走るのを落ちつきのある老人が抑えるというのが、よく見られる光景である。だがじいやと《明の星》のこの旅路においては、まったく逆のやりとりが繰りかえされた。

傑が到着した翌日、帝都の関門の前にじいやと《明の星》が立った。そのときちょうど傑は、久々のちゃんとした寝具で惰眠をむさぼっている最中であった。

「やっと……」

と、辿りついた達成感と、結局傑に追いつけなかったという焦燥感を滲《にじ》ませながら、じいやが呟く。

「やっと……」

と、もうじいやの無茶を、必死に引きとめずに済むんだなあという安心感を滲ませながら、《明の星》も呟く。

だってこのおじいちゃん、雪解け水で増水した川を泳いで渡るなんてことに、平気で挑戦しようとするのだ。もちろん挑戦して平気で済むわけがないから、《明の星》は足にしがみついて止めた。

じいやの命がいくつあっても足りないような旅で、一つも消費せずに辿りついたのは、間違いなく《明の星》の功績によるものだったし、これは当分誇ろうと《明の星》は思っている。

《明の星》はじいやに問いかける。

「それで、これからどうやって傑に会うの？」

「うむ……お頼りするところがある」

「よかった、あてがあるんだね」

《明の星》は、我ながらほっとした声をあげた。生まれて初めての都会、山の木よりも多そうな人の多さに、正直圧倒されていたのだ。

もちろん傑は行方知れずなわけではないから、この人の波を片っ端から捜す必要はない。傑が行く場所が宮城であるということはわかっている。

だが、関所を通過するだけで疲れてしまった《明の星》には、宮城なんてさらに入るのが難しい場所であると察しがついていた。傑から声がけがあるならまた話は違うのだろうが、彼は《明の星》たちが追いかけてきていることをまだ知らないのだ。

じいやが真剣な顔を向けてくる。

「坊ちゃん、頼みがある」

「あ、ここで別れる？」

かるーく言う《明の星》を、じいやは慌てて引きとめる。

「いやいやいや。さすがにここまで付いてきてくれた恩人を、見知らぬ地に放りだしはしないぞ！」

「じゃあ、なに……？」

《明の星》は軽く身構える。

「これからお頼りするところに、坊ちゃんはなんの義理もないはずだが、じじいに合わせて、頭を下げてくれんか？」

どんな無理難題をふっかけられるかと思いきや、とても常識的な頼みをされて、《明の星》は拍子抜けした。

たとえば、今から宮城の壁を登って侵入するから……と言われるかもしれないとすら思っていたのだ。もしそう言われたら、《明の星》はまた必死にじいやを止めることになっていただろう。

「え、もちろんだよ！」

「いいのか？」

「多分、そこで衣食住とかもある程度頼ることになるんでしょう。それだったら、わたしだってお世話になることになるから、ちゃんと礼は尽くさないと」

「そうか、ありがとう」

そう言って、小童《こわっぱ》に頭を下げるじいやに、《明の星》は目をぱちくりとさせてから、破顔した。

「頭上げてよ！　なんか、ねえ。思ったんだけど、傑ってほんとうにじいやさんの孫なんだね。律儀だなあ～」

「いやそれは、あくまでもしもの話なんだが？」

「さすがにもう取りつくろう必要ないから」

今さらとぼけるじいやを、《明の星》は笑い飛ばして続ける。

「わたしたちってさ、辺境暮らしってだけで、すごく軽く見られることも多いんだよ。騙《だま》しにかかる商人も多いしさ」

「むう、じじいにはなんの責任もないはずなのに、なにやら申しわけない気になってきたぞ」

「いやでも、傑たちがあの砦《とりで》に来てくれたおかげで、助かったんだよ。商人との取り引きのときに、なんかおかしいことがあったら、『あの砦の方に裁定をお願いしましょうか』って言うだけで、引きさがることもあったからさ」

じいやは、「ほう」と呟《つぶや》いて、顎の鬚《ひげ》を摘《つ》まんだ。

「知らんところで、ずいぶん便利に使われていたようだな」

「ごめんて」

「いや、傑さまだったら裁定をお願いされたら、張りきって引き受けたであろうから、別に問題はないだろう」

「はは。まあそういうわけでわたしたち、傑とじいやさんがいただけで恩義があるからさ、そのために頭下げるくらい、なんでもないよ。でもわたし、礼儀作法とかよく分からないところあるから、必要なところで合図出してくれると助かる」

「それはもちろん」

じいやに連れられ、《明の星》は帝都の中を進んだ。明らかに一等地であろうという場所に入りこんだが、《明の星》はまったく動じなかった。じいやにあてがあるというなら、本当にここにあるのだと思っていた。

ある邸宅の裏門で、じいやは門番に恭しく話しかける。

「もし。こちらの旦那さまにお取り次ぎを願いたいのだが」

門番は旅の埃《ほこり》にまみれたじいやと《明の星》の様子を見て眉を顰《ひそ》めたが、言葉づかいは丁寧だった。

「名を伺っても？」

《明の星》はその態度全体が気に入った。一顧だにしないのは論外だが、きちんと警戒しているところもいいと思う。門番が来る人すべてに気安いのなんて、住人にとっては心配の種でしかない。

「趙正山《ちょうせいざん》、と」

じいやが名乗ったとたん、門番の表情ががらりと変わった。

「少々お待ちを」

そう言って中に入っていく門番を見て、《明の星》はほう、と感嘆のため息をついた。

「すごく、教育が行きとどいているお家《うち》だね」

「そうであろう」

じいやはまるで自分のことのように得意げで、この家の主は彼とよほど親しい仲なのであると、《明の星》は察した。

戻ってきた門番は身なりのよい男性を連れてきた。

これが「旦那さま」かと《明の星》は思ったが、すぐに否定された。

「どうぞ、旦那さまがお待ちです」

男性に導かれ、整えられた庭を通りぬけて、大きな建物に導かれる。

「ここは正房《せいぼう》ではありませんか？」

じいやに付いていけば問題ないといわんばかりの態度の《明の星》より、じいやのほうがよほど動揺している。

「はい、旦那さまがこちらでお待ちです」

建物の中に入ってしばらく歩くと、一つの房に通された。人払いを命じられていたのか、案内の男性はそのまま去っていく。

暗い部屋の中、椅子に腰掛けていた老人が、じいやたちを見て目を見開く。

「久しいな……！」

そう言いながら、握りが象牙で出来た杖《つえ》を支えに立ちあがった。

「唐《とう》の旦那さま、ご挨拶申しあげます」

《明の星》は平伏するじいやに倣う。

「顔を上げておくれ」

そう言って「唐の旦那さま」は、じいやの体を起こすために近づいてくるが、よろよろとした歩みは危なっかしく、逆にじいやが慌てて立ちあがって唐の旦那さまの体を支えた。

《明の星》もそれに倣う。

「申しわけございません。お召し物を汚してしまいました」

じいやは老人を椅子に座らせてから、旅で埃っぽくなった服を今さらはたいた。

「気にしないでくれ……すまないね。もう膝がだいぶ弱ってしまって。ああ、君もありがとう」

老人が腕を伸ばし、《明の星》の頭を撫《な》でてきた。彼の頭も相当汚いのだが、老人は本当に気にしていないようだった。

絶対にいい人だ、と《明の星》は確信する。

「お体をお厭いください」

　そう言うじいやを、唐の旦那さまは眩《まぶ》しそうに見やる。

「君はずっと若いんだなあ」

それはこの人の前だからなんだろうな、と《明の星》は思った。じいやは彼の前では、傑や《明の星》に対するより態度が若々しい。声に張りがあり、少し早口になっている気がする。

だがそれは無理に若づくりをしているという様子ではなく、彼の前では無意識にそうなっているようだった。

《明の星》は考える。彼らはきっと若い日の時間を共有していて、それは印象深く大事なものだったのだろう。年を取っても、顔を合わせるとその時間が自然に蘇《よみがえ》ってしまうくらいに。

自分にもそうなるような相手が出来るだろうか？　と考えた時、《明の星》の脳裏には傑の顔が思いうかぶ。部族の仲間とは違い、ずっと一緒にはいないであろう相手。それでいて、仲間とは違う意味で大事になりつつある相手。

彼とはそうなるのではないか、という予感がある。

それだけに、年を取って再会したとき、《明の星》は彼と楽しい時間を過ごしていたときの自分を取りもどすのではないか、と期待している。

しかしそれも、二人揃《そろ》って長生きしてはじめて叶《かな》うことだ。

じいやと唐の旦那さまのように。

じいやがおどけたように言う。

「旦那さまは見目のほうがお若くいらっしゃるので、それで釣りあいが取れているのでしょう」

確かに見た目は、じいやのほうがよほど老けこんでいる。額に深く刻まれた皺《しわ》は、彼の苦労と心労を物語っている。

「君は変わらないね」

「旦那さまこそ、私ごときに変わらぬご厚誼《こうぎ》を……いつも、勿体《もったい》ないことです」

感慨深げに呟くじいやに、唐の旦那さまは静かに言う。

「友よ、君はどうしても君自身を卑下する傾向がある。もちろん君の生まれが家奴で、私が士大夫《したいふ》であることは変えようがない。だが君が私と允国公《いんこくこう》の友であることも変えようがない。それに君は……の祖父君に当たるではないか」

唐の旦那さまが《明の星》のほうをちらと見て、言葉の一部を濁した。

「こちらは、向こうで雇った者かね？」

《明の星》に向けられた眼《め》の奥に、軽い警戒があった。

「いえ。この者は傑さまと私めの命の恩人です。厚意で私に付きそってくれました」

言うなり、唐の旦那さまが向けてくる眼光は優しいものになった。

「おお、そうか……彼は意外と無茶をしたのではないかね？」

《明の星》は素直に答える。

「しました。わたしはとても大変でした。お友だちである旦那さまからも、たっぷり叱ってやってください」

目上の人には礼儀正しくしなくてはならないと育てられている彼は、当然唐の旦那さまに嘘《うそ》なんてつくわけがなかった。

「こらこら坊ちゃん！」

じいやが口を塞ごうとする手を、《明の星》はひょいと躱《かわ》す。

「はは！」と唐の旦那さまは朗らかに笑った。

「それで、瑜妃さま……いや、お嬢さまとお呼びしよう。お嬢さまと、皇弟の御身にかかわることが起きているのかね？」

「はい。こちらの手紙に書いてあるのかと……」

じいやは懐から、大事に持っていた手紙を取りだした。唐の旦那さまは、その包みを見ただけで眉根を寄せた。

「これは……いつ手元に届いたのだ？」

「それは……」

じいやが手紙を入手した経緯を説明すると、聞きおえた唐の旦那さまは額に手を当てて深く息を吐いた。

「なにかしら、事故があったかと思ってはいたが、そうだったのか……」

「では、旦那さまがこの手紙をお送りに？」

「ああ。お嬢さまから預かって、私が手配した。仕事のできる男だったのだが……」

落胆を滲《にじ》ませる唐の旦那さまに、《明の星》は口を挟まずにはいられなかった。

「あの、手紙を持ってきた人は、きちんと準備していましたし、野営の場所も適切でした。手紙が届かなかったのは、ただ運が悪かっただけなんです」

「そうか。君はいい子だな。彼の家族にはきちんと報いるつもりだ」

唐の旦那さまは目を和ませ、また《明の星》の頭を撫でた。

「皇弟の手元にこれが届いていなかったのならば、彼の動きの辻褄《つじつま》が合う。お嬢さまに連絡をとろう」

「傑さまはもう宮城に？」

「ああ。今は宮城内に軟禁されている」

「軟禁？」

穏やかではない単語に、じいやも《明の星》も険しい顔になった。

「心配しないでくれ。君の孫は数日中にこの家に来るから。そうしたら、君たちはどこか遠くへ行くんだ」

「旦那さま？」

「友よ、君にまだ言えないことがある。だがお嬢さまも私も、君の孫を必ず守る。どうか信じておくれ」

「分かり、ました……」

じいやが頷《うなず》くと、唐の旦那さまは鐘を鳴らして人を呼んだ。

彼らが滞在するための準備はもうできており、庭の隅の堂に通された《明の星》は、難しい顔をしているじいやに問いかけた。

「いまいち話に付いていけてないんだけどさ……確認していい？」

「うん、なんだ？」

「ここって、傑のお義母《かあ》さんの実家じゃないの？」

「違うが？」

「じゃあここってどこ!?」

人さまのお家なので、控えめにした《明の星》の叫びが堂に響く。

※

一方、傑はさらに数日、なに不自由ない生活を満喫していた。

というのは本人の主観であって、人によってはだいぶ不自由のある生活である。傑自身も数年前だったら、間違いなく不自由を感じていただろう。

傑は夜明けとともに目を覚ますと、部屋を隅々まで掃除してから、食事を作る。しばらく経《た》つと、戸の閂《かんぬき》が外されて、宦官《かんがん》たちが使ったものを運び出し、新しい資材を運びこむ。その間、傑は少し離れたところからそれを見守っており、また宦官たちも傑のことを油断なく見つめている。

傑は、そこを突破しようとは思わない。宦官の中には武道の心得のある者もいるし、なにより多勢に無勢だ。ただ怪我《けが》をして終わるというのは、愚かすぎる。

「……しかし、暇だな」

宦官たちが帰ったら、昼食を作って食べ、部屋の調度を隅に寄せてからじいやに教わった素振りをする。

そして、暇になる。

幸か不幸か、傑は暇があることに苦痛は感じなかった。思うに自分には引きこもる才能があるのだと、傑は自信を持つ。

久しぶりに出来た暇を最大限活用したいと思った傑は、頭をひねった。

「書き物でも、しようか……」

寝室の収納の中に、回収し忘れたと思《おぼ》しき古い紙の束があった。

筆記用具はなかったので、自分で作る。竈《かまど》の煤《すす》を集めて、手燭《てしょく》の蝋《ろう》を少し使って水と練った。

そして薪《まき》から落ちた小枝を壁に擦《こす》りつけ、先をほんの少しささら状にして、墨液もどきに浸して紙面に滑らせる。

「おお……！」

思ったよりうまくいかなかったが、個人的に楽しむぶんにはまったく問題ないものが出来た。

そうして、なにを書こうと思案する。こんな状況下で真面目なことを書くのなんて息がつまる。だから……。

「作り物語でも書いてみようか」

これならばいくら時間があっても足りないはずだ。

皇帝は自分を辺境に追いやるより、幽閉すれば良かったのだとつくづく傑は考える。そうすれば傑は、大人しく引きこもっていたに違いない。

軟禁生活の中、超大作ができあがる……という流れになりかけたところだったが、実際は三行書いた時点で終わることになる。

傑が飽きたからではなく、軟禁のほうが終わったからである。

夜のうちになんとなく構想を立てて、翌日数行書いたところで、閂が外された。朝にもう物資の入れかえが終わっていて、今は昼過ぎだ。これまでにない外部からの接触に、傑は驚いた。

戸が薄く開けられ、かん高い声が話しかけてきた。

「皇弟殿下、お目覚めですか？」

寝ている間に皇帝がやってきたことを知らない傑は、なぜそこを確認されるのか分からなかったが、ここで嘘をついても仕方がないので素直に返事をする。

「ああ」

「これより、瑜妃さまがおいでになります」

「……そうか」

声だけは落ちついて返し、傑は慌てて立ちあがった。そこらに書き散らした紙を見て養母に叱られることを恐れたからだった。

養母に思うところ、言いたいことは山ほどあったが、彼女が来ると知った傑がとっさに思ったことはそれだった。

片づけはなんとか間にあった。

まず宦官が数人入ってきてから、侍女に手を引かせ、養母が房に入ってくる。ほんの少しだけ胸が高鳴る。

養母に対してではなく、侍女に対してだ。

侍女は傑が辺塞に送られる少し前に養母付きになった者で、実は傑は彼女のことを憎からず思っていた。

とはいえ、可愛《かわい》い女の子に胸をときめかせている場合ではないということは、傑自身でさえ分かる。

養母が傑のほうを向き、朱唇を開く。

「皇弟、お久しゅう」

瑜妃の態度は我が子として育てた相手に対するものではなく、夫の弟に対するそれだった。

そんな養母に、傑もまた兄の妻に対する態度で挨拶を返す。

「瑜妃の冊封のお祝いを申しあげます」

「ありがとう」

投げかけられた声は、ありがたそうな響きをまったく帯びていなかった。

傑が顔を上げると、養母は一年前と同じように美しい姿で、しかし傑には向けたことのない笑みを浮かべていた。

少しお痩せになった、と傑は思う。

一年前よりは鋭い印象のある顔貌になっていたが、それは頬の肉が削《そ》げおちて、顔の印象が鋭角になったからのようだった。

瑜妃が口を開く。その朱唇から、今の顔貌によく合った刺々《とげとげ》しい声が出てきた。

「本来ならば皇上が、直々にお話しになる予定でしたが、どうも都合がおつきにならぬようで、わたくしのほうから申しあげます」

「はあ」

「あなたから、親王としての称号と権能を剝奪します」

「なるほど？」

まったく話がつかめない。いや、それを剝奪されるくらいだったら、別に構わない。財産の没収は勘弁してほしいが。

「私は記憶力が悪いようなので、ご教示いただきたいのです。大赦でやった覚えのない罪を赦《ゆる》されていたはずなのですが、今度はやったことのないどのような理由で諸々を剝奪されるのでしょう」

瑜妃が左手で耳環《みみわ》に触れ、吐きすてる。

「生意気なこと。お前のそういうところが大嫌いだったわ」

「左様ですか」

傑は淡々と答える。

「好きでお前を育てていたと思っていた？　ずっと嫌で仕方がなかった。これでお前の顔を見ずに済むと思うと、嬉《うれ》しくて仕方がない」

傑は十数年自分を育てた女の顔を、じっと見つめた。

「それを言うために、わざわざここに押しこめたのですか？」

瑜妃は、顔の下半分を歪《ゆが》ませた。

「少し痛めつけて、それを見てやろうと思っていたけれど、ずいぶんと下々の暮らしに馴《な》染《じ》んだようね。憎ったらしいったら」

「命まで取られなかっただけ、ありがたく存じます」

傑は頭を下げた。

「生意気なこと」

そう吐きすてると、耳環から手を離し、瑜妃は踵《きびす》を返した。

「お待ちを」

傑が言葉だけで引きとめると、彼女は首だけを傑のほうに向ける。

「瑜妃、私の生母の死はあなたが原因ですか？」

瑜妃は耳環に触れず、返した。

「そう思ってくれても、構わない」

瑜妃が出ていくと、宦官たちも戸に向かう。その中に、傑と旅をした宦官がいた。最後に出た彼が、なにか小さなものを落とす。

門のかかる音がしてからしばらく、傑は動かずにいた。ややあって一つ息を吐いた。

どうやら養母は、難しい立場に置かれているようだ。

誰かに見られているかもしれないから、戸の近くに置いてある水甕《みずがめ》に用がある振りをして、傑は宦官が落としたものを拾った。それは小さく折り畳まれた為替だった。

どういうふうに宮から出されるか、傑には見当がつかなかった。だが、命と金さえあればなんとかなる可能性が高い。傑はすぐさま髷《まげ》の中に為替を、帯の背骨のあたりに小さな刃物を隠した。《明の星》からもらった、骨製の小刀だ。

あとはいつもどおり過ごした。

せっかく書きかけた作り物語を進める気にはなれず、竈で燃やしてしまった。一度読んだものを覚えている傑には、三行程度覚えておくなんて何ということもない。また機会があれば、続きを書けばいいのだ。

必ず機会を作る、と心に誓った。

翌日、押し入ってきた宦官たちに、傑は縄を打たれた。抵抗しなかったため、痛めつけられることはなかった。

縛られたまま傑は、大きな革袋に入れられた。どうやら荷物として外に出されるらしい。しばらく揺られていた傑は、どこかに袋ごと投げ出された。

呼吸が苦しい。せめて袋から出してほしかった。

人の気配が消えてからしばらくしたところで、後ろ手に縛られた手で帯をまさぐり、刃物を取りだす。それほど鋭いものではないので苦心したもののなんとか縄を切り、続いて革袋に穴を開けて、手で裂いて広げた。

途端に、冷たい空気が傑の顔に当たる。外が寒いというより、袋の中が蒸れて暑苦しかったので、たいへん心地よかった。

卵から孵《かえ》る雛《ひな》はこういう気持ちなのだろうか。そんな益体もないことを考えながら、傑は袋から這《は》いだして、新鮮な空気のおいしさに感動する。

二、三大きく呼吸していると、馬蹄《ばてい》の音が近づいてきたことに気づいた。

慌てて近くの茂みに隠れる。その時ようやく、郊外のどこかに放りだされたということに気づいた。

やってきた者たちを、物陰から眺める。見覚えはなかった。

いや嘘《うそ》。二人くらいに見覚えがあった。

「じいや！　《明の星》!?」

がばっと茂みから生えた傑のほうを向き、呼ばれた二人が破顔した。

「あ、傑」

「おお、傑さま！」

傑の表情は、二人と対極と言っていいものであった。

「なんでお前たち、ここにいるんだ？」

「傑さまの一大事……かもしれないと思いまして」

じいやの返事に、傑は目を剝《む》いた。

「そんな曖昧な理由で来ているのか⁉　砦《とりで》は⁉」

「多分全部大丈夫」

《明の星》の返事は、傑をまったく安心させてくれなかった。

「いや、やっぱり曖昧だろ！」

そんな傑を、じいやが促す。

「説明すると長いから、一回移動しましょう、傑さま」

そう言われて傑は、不承不承馬に乗った。

「おお、皇弟殿下……ご無事で！」

連れていかれた先で、傑は大いに歓迎された。だが、歓迎してくる相手と大して面識がなかったので、傑は大いに戸惑った。

「唐……か？　卿《けい》がなぜ」

「あ、傑は唐の旦那さまと知りあいってわけじゃないんだね？」

「面識はある、が……」

皇女が降嫁したこともあるそれなりの名家で、遠い親戚である。息子を属国の女王の婿に送りだす家として選ばれるくらいだから、当主の人品に対する信頼もある家である。その縁で、宮中の宴《うたげ》に招かれることも多く、その際に挨拶されたことがあった。しかしその程度のことしか心当たりがない。

戸惑う傑に、唐が簡単に説明する。

「私は允国公と知己の間柄でして。お嬢さまから様々なことを言付かっております」

「そうか……」

少し親近感を覚えたが、養母の祖父の親友というのは、考えてみれば傑とそれほど近くないような気がする。だが養母のことを「お嬢さま」と呼ぶあたり、彼女とは親しい間柄だったのだろう。

そういえば、婿に行った唐の息子が先年病死していたな、と傑はふと思いだした。生きていれば養母よりも少し年少だったはずだ。もしかしたら彼が、養母と遊んだことくらいあったのかもしれない。

唐に対する態度を決めかねていると、唐は深々と頭を下げる。

「殿下。どうかこのまま都からお去りください。お嬢さまはそれをお望みです」

「望み……そうだろうか」

《明の星》は凪《な》いだ目で傑を見ている。ちょっとの間会わないうちに、彼の目線が高くなっていることに、傑は気づいた。

なんとなく、彼は傑がどんな選択をしてもそれなりに支えてくれるのだろうな、と思った。

「義母上《ははうえ》は、確かにそれをお望みなのだろう。だが、それで彼女は辛《つら》い思いをしているのではないか。ならばそれに従うことは、私の本意ではない」

唐は面食らったようだった。

「なぜ、そのようにお思いで？」

「去ってほしいなら、義母上は嘘を嘘だと伝える必要はないからだ」

物心ついたころから、養母と傑の間では符牒《ふちょう》が決められていた。

宮中という立ち回りの難しい場では、危険と分かっていても示しあわせる時間がない場合もあった。そういう時に大いに役立ったものだった。

例えば養母がある挙措をしたらそれは嘘だとか、ある挙措をしたら傑はすぐその場から逃げなくてはならないとか。

具体的には、養母が耳に触れながら傑について話していることはすべて嘘だとか。

傑は先ほど、耳に触れながら傑を罵っていた養母の姿を思いかえす。養母はなにか辛くて、迷いがあるのではないか。

「そなたは義母上がなににお困りか、知っているのか」

「……それは、瑜妃さまから直接お聞きになるべきでは？」

不意に、女の声が響いた。

全員が顔を上げた。部屋の入り口に、女が一人立っていた。

「そなた……」

唐が声をあげる。

代表して傑が「誰だ？」と尋ねる。

女がころころと笑う。

「まあ殿下、わたくしのことお見限りですの？　わたくしのこと、好きで好きでたまらないという目でご覧になっておいでしたのに」

「ん？」

傑は遠いものを眺めるように、目を細めて女の顔を見る。見れば見るほど印象の薄い女だ。

「ええ〜ちょっと傑。誰なの彼女。隅に置けないな」

《明の星》がにやにやしながら肘で小突いてくる。それをしっしっと払いながら、傑は女に問いかける。

「……すまない。私は幼いころ、そなたの世話になったかなにかしたのだろうか？」

「まあ、この宝琴《ほうきん》のこと、本当にお忘れですの？」

「ん？　えっ、へえっ？」

「えっ、傑、本当に誰？」

思わず奇声をあげる傑にかけられた《明の星》の声に、今度はからかいは含まれていなかった。

「えっ、嘘だ。顔が違うし年のころも違うし」

「全部そのように作ってますので」

しれっと返す女に、傑がほのかに想《おも》いを寄せていた侍女の面影は……あるような、ないような。

とはいえ、あるような気がしているのは、面影を無理やり見いだそうとしているからというだけだ。そういう心構えでいれば、目の前に立っているのが養母であっても、侍女に似ているなにかを見いだせそうだった。

混乱している傑の前に、ずいと立ったのは《明の星》だった。

「お前はなに？　傑になにをさせようとしている？」

同時に、傑の両肩に大きな手が置かれる。じいやの手だ。それで傑は、落ちつきを取りもどした。

その顔を見て、宝琴と名乗る女はにこりと笑った。

「わたくしと瑜妃さまは共犯者です。ですが一枚岩ではありませんの。瑜妃さまは死のうとしていますが、わたくしは今あの方に死なれたら困るのです」

傑はその言葉で、腹をくくった。

宝琴と名乗る女と養母が共に犯している罪とやらを、傑はなにも知らない。

だが、おそらくこの国の皇弟として看過してはいけないものだということは、聞かされる前から察していた。

聞いたら後戻りできないことも。

「……話を聞かせてくれ」

傑はやはり、母が大事なのだ。

「だが《明の星》は、席を……」

けれど、生まれて初めての友人である《明の星》もまた大事だった。

このまま彼を遠ざけ、帰らせようと思ったのであるが、傑の言葉に《明の星》は一歩も動こうとせず、にやりと笑ってみせた。

「傑、判断を誤ったね。そこでそれを言っちゃだめだよ。もしなにも言わないでわたしを同席させようとしたら、遠慮なくすたこら逃げたのに、ここでわたしを守るようなこと言ったら、一緒に話聞くしかないなって思っちゃうよ」

「なんだそれ」

言いかえした瞬間、肩から妙に力が抜け、落ちついたつもりで自分がまだ緊張していたことに気づいた。同時にじいやの手がゆっくり離れていき、彼も傑を落ちつかせようとしていたと理解した。

※

物憂げに窓辺にもたれていた瑜妃は、先触れを受けて軽く息をついた。

「門までお迎えに行くわ」

「はい」

すい、と手を伸ばすと、侍女がそれを取ろうとする。瑜妃はつと手を引き、侍女に問いかけた。

「……宝琴はまだ戻っていないの？」

「そのようです」

「……そう」

瑜妃は柳眉を寄せて、思案する。

「あの、お妃《きさき》さま、お迎えは……」

「……そうね、行きましょう」

侍女の困り声に、瑜妃は今度こそ侍女の手を借りて立ちあがった。

だが瑜妃が門に辿《たど》りつくどころか、部屋から出るより前に、皇帝がずかずかと入ってきた。瑜妃は顔に笑みを貼りつける。

「まあ、お迎えに遅れてしまい、申しわけございません」

「いいんだ、愛妃よ！」

皇帝が、侍女から瑜妃の手を奪って握りしめる。

「君はやはり朕のことを想っていてくれたのだな」

「まあ……今さらお分かりになったのですか？」

冗談めかした瑜妃の言葉に、皇帝は「はは」と大らかに笑う。

「もちろん元から知っていたさ。だが今日、さらに実感したんだ」

「ああ……もしかして、皇弟のことをお聞きになったのですか？」

瑜妃は軽くとぼける。

「うむ。宦官《かんがん》からな」

瑜妃は皇帝の反応に満足する。息子を遺棄した場所で、皇帝の手の者は、ずたずたに裂かれた死刑囚の遺体を発見したことだろう。宝琴はうまくやってくれたようだ。

「朕は、君があの愚弟に情があると疑っていた。笑ってくれ、愚かな男の嫉妬だ」

「そんな……もしも皇上が愚かであるというならば、この世に利口な男など一人もいないということになります」

「ふふ」

瑜妃のおべっかに、皇帝は嬉《うれ》しそうに微笑《ほほえ》み頬を染めた。

ところでこの皇帝は、瑜妃と同年代、つまり傑くらいの子がいてもおかしくない年齢である。体格もよく立派な髭《ひげ》も蓄えた丈夫がそういう態度をとるのは、瑜妃からすると相当に見苦しいものであった。

──あの子に対してだったら、いい年してこういう態度をとっても、可愛《かわい》いと思えたのかしら。

自問して、「多分、思えた」と瑜妃は自答する。

しかし他人に対して見苦しい真似《まね》をすることは、瑜妃には許せないことだったので、厳しく叱りはするだろう。

この男に対してそうしないのは、立場上の問題もあるが、そうしてやる義理も情もないからだ。

「皇上……そろそろ日が沈みます。どうか宮にお戻りを」

瑜妃が促すと、皇帝は喉の奥で唸《うな》った。

「一晩くらいはいけないのか？　閨《ねや》を共にはしないから」

「なりません」

瑜妃は皇帝の唇に己の人差し指を当てる。

そして駄々っ子に優しく言い聞かせるように、言葉を紡いだ。

「皇后陛下のお心を安んずれば、健やかな御子の誕生に繋《つな》がると、太医が言っておりました」

「むう……」

「わたくしとて、辛《つら》いのですよ。皇上、どうか、わたくしめを愛《いと》しいと思《おぼ》し召《め》すなら……」

瑜妃が悲しげに眉根を寄せると、皇帝は慌てて瑜妃の肩に手を置いた。

「ああ、泣かないでおくれ。分かっている。嫡出の皇子が生まれるまでの我慢だ……早く生まれないものか」

「……待ち遠しいですわね」

皇后本人にそんなことを言うなよ、と思いながらも、瑜妃はとりあえず皇帝に同調しておいた。

「さ、お戻りくださいませ。あまり長居なさいますと、皇后陛下がきっと悲しくなってしまいますわ」

「そう、だな……皇后の宮に寄るか」

「すばらしいお心遣いですわ、皇上」

瑜妃が皇帝を褒《ほ》め称《たた》えると、彼は得意げに笑う。

「……と、そういえば、君の宮に仕えさせる者を選んだんだ。人が少なくて不便をさせたからな。楽しみにしていてくれ」

瑜妃の宮は侍女も宦官も少ない。特に後者。

皇帝の嫉妬のせいだ。宦官とはいえ男性を瑜妃に近づけたがらず、その結果瑜妃の宮には人が少ない。

それを逆手にとって、「皇帝に慎《つつ》ましく仕えている妃」というふうに振るまえているのだが、率直にいえば利より損のほうが大きい。

わざわざ去勢してまで男性を後宮で働かせているのは、男手がいるからだ。それが足りないのに妃の格の宮を維持するのは、単純に難儀だった。宮の采配に、瑜妃はいらぬ苦労をさせられているし、皇帝はそれに気づかないのだ。

——本当に気持ち悪いし、気の利かない男。大嫌い。

気づかせようとしていないのは瑜妃なので、こう思うのは理不尽だと自覚しているが、これが飾りない気持ちだ。

この男、昔から見目は悪くないし、今や国で最高の位に就いている。そんな相手に熱烈に愛され、もし自分が絆《ほだ》されてしまったらどうしようと心配した夜が、瑜妃にもあった。あの日の自分に声をかけられるなら、「そんな心配いらないわ」と言うに違いない。そもそも、彼のことを憎む理由しかないのだから。

「まあ、恐れいります皇上」

人が増えるぶんには喜ばしいことだ。瑜妃はこの点に関してだけ素直に感謝し、それを述べた。

皇帝は上機嫌で、「ではな」と言い捨てて去ってしまった。

皇帝が去ると、瑜妃は人払いした。

「下がりなさい。宝琴には、戻ったら『すぐわたくしのところに来るように』と伝えてちょうだい」

「かしこまりました」

侍女の静かな足音が聞こえなくなってから、瑜妃は深々とため息をついて皇帝の唇に触れた手を手巾《しゅきん》でごしごしと拭いた。

単純な清潔感でいえば、息子のおむつを替えたときのほうがよほど汚いはずだ。だが、嫌悪感でいえば今のほうが遙《はる》かに汚く感じる。それにおむつの交換のほうがよほど有意義だ。息子の胃腸の調子もわかったし、終わると息子はすっきりしたし。

手が赤くなっても擦《こす》っていると、聞きなれた声が聞こえた。

「ただいま戻りました」

「遅かったわね」

入り口のほうを向くと、侍女の宝琴が立っていた。

「お疲れのご様子ですわね」

「ええ、疲れたわ」

嫌いな男の相手は、本当に疲れる。

「お疲れのところ申しわけございませんが、お目通り願いたい者がおりまして」

「後にして」

「いえ、今会われたほうがよいかと」

「……どういうこと？」

戸惑う瑜妃に構わず、宝琴は宦官の服を着た少年を連れてきた。活発そうな子だ。

後宮の女は、利害が絡まなければという前提はあるが、総じて子どもが好きなところがある。瑜妃も例外ではない。こういう状況下で会わなければ、目尻を和ませていたところである。

警戒して目を眇《すが》める瑜妃に、少年は潑剌《はつらつ》とした笑顔を向けてきた。

「こんにちは、傑のお義母さん」

瑜妃はその一言だけで、警戒を少し解いた。

「あなたは、傑と親しいの」

「はい。どれくらい親しいかは、傑に聞いてください」

怪訝《けげん》な顔をする瑜妃に、宝琴はもう一人、今度は少女を連れてきた。

「……義母上《ははうえ》」

正確には、少女の姿をした息子である。

瑜妃はぽかんと口を開き、次の瞬間宝琴の頰を張った。

「謀ったわね！」

「ほほほ、この方がおいでなのですから、あなたさまも無茶はなさりませんよう」

張られた頰をさすりもせず、宝琴は高らかに笑う。

「傑、今すぐこの子と宮を出なさい。皇帝に見つかったら……」

「あっ、あの気持ち悪いおじさんの許可はもらっています」

妙にがっかりした感じの宦官姿の少年に言われ、瑜妃は声をあげた。

「は？」

疑問形ではあったが、少年の言うところの「気持ち悪いおじさん」に対しては全力で肯定するところである。

※

話は少し前に遡る。

傑と《明の星》は、揃《そろ》って皇帝の前に引きだされていた。二人が落ちつきはらっていたのは、宝琴から事前説明があったからに他ならない。そうでなければ、裏切られたかと身構えたり、脱出の方策に頭を巡らせていたところであった。

傑の知る「宝琴」に化けた彼女は、宮城に向かうにあたり二人に告げた。なお、じいやはお留守番である。

「皇上にあなた方の存在がばれてしまったら、あなた方は死にます」

「うん」

「はい」

端的な説明に素直に返事をする少年たちに、宝琴は満足げに頷《うなず》く。

「ですから、皇上の許可を貰《もら》います」

「えっ」

「んー？」

首を傾《かし》げる少年たちに、宝琴はまた満足げに頷く。

「こそこそ隠れているものは、一度誰かの目にとまったらおしまいですからね。堂々とするのがよいのです」

補足というには、謎かけのような説明であったが、それを聞いた《明の星》はなにか察したようだった。

「なるほど。お姉さんって怖い人なんだね」

宝琴はにやりと笑う。

「そうよ坊や。飲み込みが早いわね」

傑はまだ初恋の面影を捨てきれないので、頭の動きが鈍い。

そんな彼に、宝琴は簡単に説明した。

瑜妃の宮は人が少ないため、増員候補を連れてくるよう命じられているのだと。

「そういう面接って、皇帝陛下直々にするものなの？」

《明の星》の素直な問いに、傑は首を猛然と横に振る。

「しないしない。優秀な者を選べの一言で終わらせるものだ……なぜ？」

「会えば分かりますわ」

この時は分からなかったが、会ったら本当に分かることになる。

「あっ、後宮に行くんだよね？　わたしたち男の子だけど、いいの？」

「まず殿下、女装してください」

《明の星》のもっともな言葉に、宝琴は悠然と女装を命じた。ただし傑だけに。

「まあ……察していたが、やはりそうなるのか」

「殿下は顔が割れてます。お化粧で誤魔化しましょう」

そして《明の星》は、急に伸びた背に体格が追いついていないことから、宦官《かんがん》に変装することになった。

《明の星》は落ち込んでいた。だがそれは、宦官が嫌いだからというわけではない。彼曰《いわ》く、

「長年女の子に間違えられていたのに、ここぞという場面でその要素を生かせないって、すごく人生損した気持ちになる」

とのことだった。

理由を聞いた傑には、かける言葉もなかった。

「多分女装でも通用したけれど、今回はあなたが宦官だと皇上はあなたに注目するから都

合がいいの。殿下が発覚する可能性が低くなるから」

宝琴も慰めなんだか分からないことを言う。

「宦官だとなぜ注目するんだ？」

「会えば分かりますわ」

「またそれか」

なお、じいやは、傑にも《明の星》に対しても無言を貫いている。


かくして傑と《明の星》は、基本的な所作などの指導を受けてから、宝琴に連れられて堂々と宮城に入りこんだ。いや、傑にとっては「戻った」というほうが正しいか。しかも出てから数日で。

宝琴にくっついて廊下を歩いていると、彼女が足を向けている先の部屋が、知っている場所だと気づいた。皇帝の書斎だ。父の在位中に何度か入ったことがある。

「おや、戻ったか」

傑たちが入る前に、その部屋から宦官が出てきた。

宝琴は朗らかに応える。

「はい、太監」

そして軽く振りかえり、傑のほうをちらと見る。傑は慌てて両手を胸の前で組み、頭《こうべ》を垂れる。横目で傑の様子を窺《うかが》っていた《明の星》も、すぐにそれに倣った。

傑はこれまでさんざん女官が礼をするのを見てきたのだが、実際にやるとなると、すぐに体が動かないというのが現実だった。もっともそれは、自分がいつかやる前提で見てきたわけではないから当然である。

しかし「しょうがないよね」ではすまされない。傑の動きを、礼儀のことは付け焼刃の《明の星》が真似《まね》するという決めごとをしていたのだから、傑が今負っている責任は重大だった。

宦官はすぐには立ち去らず、頭を下げ続ける傑たちをじろじろと眺める。正直傑は生きた心地がしなかった。

「うん、悪くないようだな」

「太監のお墨付きをいただけるとは」

「入ってきたばかりのわりに、落ちつきがある」

きょろきょろしていない、ということなのだろう。それは傑は慣れた場所であり、《明の星》は傑の挙動を真似することに注力していたからであるが、自分たちにとって都合のいい誤解はそのままにしておくにこしたことはない。

「お前たち、お礼を」

宝琴に促され、傑と《明の星》はさらに深く頭を下げた。

「感謝申し上げます」

そうして通された先にいた皇帝は、宝琴の言っていたとおり、《明の星》のほうをじろじろと眺める。

そして不愉快そうに、宝琴に言った。

「見目がよすぎないか？」

宝琴はにこやかに述べる。

「幼いというだけで、可愛《かわい》く見えるものですわ。それに瑜妃さまは、皇上のような成熟した男性の妃《きさき》でございます。子どもなど相手になさいませんわ」

「ふむ……」

皇帝は顎髭《あごひげ》を弄びながら、分かりやすく喜んでいる。

「それに子どもは数年で容姿が変わるものです」

「……なるほど、数年経《た》っても見目がよければ、彼女から引きはなせばいいだけか」

「ご明察です」

そして皇帝は、傑のほうにちらっと目を向けた。

その瞬間、胸の中で心臓が跳ね回る。

傑にとっては、それほど会うことのない長兄だ。そして相手にとっては、けっこうな数の異母弟の一人でしかない。しかも女装している。

気づかないはず、というより、気づかないでくれ、と念じながら、傑は静かに視線を受け止めた。

皇帝が訝《いぶか》しげに言った。

「その侍女、見たことがあるな」

――ああ、死んだ……。

皇帝がそう言った瞬間、傑は跳ね回っていた心臓が、止まった気がした。

皇弟が後宮に女装して侵入しようとしたところ、捕まって刑を受ける。こんな不名誉なことがあるだろうか。

とはいえ救いはある。不名誉すぎて、皇族全体の恥になるだろうから、傑のやらかしは記録されないということだ。

自分はそれで十分。だからあとは、《明の星》をなんとかして逃がすだけだと傑が考えたところで、宝琴の明るい声が響く。

「さすが皇上、お気づきになりましたか。この者はかつて瑜妃さまに仕えていた者の子なのです」

「そういえば……」

皇帝は顎髭に手をやったまま、一瞬虚空を見上げた。なにかを思いだす仕草。

「ああ、確かに、いた。いつも彼女に付きまとっていた女……そうか、里に下がって子を儲《もう》けていたのか」

「そのとおりでございます。娘時代を懐かしめるような者を、皇上がお選びくださったと瑜妃さまが喜ばれるかと考え、連れて参りました」

「なるほど……うん、それは、いいな。朕の気づかいに、瑜妃も感謝するだろう」

皇帝が分かりやすくにやにやする。

そうして、小さな袋を宝琴の足元に投げて言った。

「よくやった。では下がれ」

「それではわたくしは、この二人に心得を言い聞かせてから、瑜妃さまの前にお連れしたいと思います」

皇帝の前から連れ出され、宝琴の部屋だというところまで移動する最中、傑はしずしずと歩いた。

が、宝琴が戸を閉めたところで、傑は足から崩れ落ちた。

「傑、大丈夫？　よく、頑張ったね！」

褒めたたえてくる《明の星》に対して、宝琴は出来の悪い生徒を見るような目をしている。かける言葉も厳しい。

「殿下、もう少し肝を鍛えてくださいませ。軟禁されていたときのほうが、よほど度胸がおありで頼もしゅうございましたよ」

「無茶を言うな」

自分だけならばともかく、《明の星》の命もかかっていたのだと思うと、今さらながら震えが全身に走る。

「それにしても、皇上になんて大胆な嘘《うそ》を……」

「あら、嘘ではありませんでしょう？」

事もなげに言われ、傑は一瞬混乱したが、確かにそうだった。

「……そういえば、そうだな」

宝琴の嘘と思いきや、全然嘘でなかった。傑の生母はかつて養母に仕えていたわけなのだから、彼女が真実しか述べていないと言っても過言ではない。

むしろ、異母弟の出自を知っているはずの皇帝が、気づかなかったほうがおかしいのかもしれない。

「皇上は、瑜妃さまのことにしか興味がありませんので、そんなこと気づきもしませんよ」

「やっぱりそうなんだ……」

《明の星》が、彼にしては悄然《しょうぜん》とした声で呟《つぶや》く。

「どうしたんだ《明の星》？」

彼のほうを見ると、声どころではなくわかりやすく肩を落としていた。

「いや、さ……。皇帝、っていうからすごく貫禄《かんろく》とか、威厳とかある人なのかなって、うん、正直期待してたんだよ。実際貫禄とか威厳とかはちゃんとあったけど、中身がすごく……あのさ、傑。お兄さんに対して失礼かもしれないけど、あの人もしかしてただの気持ち悪いおじさんだったりする？」

「…………」

身内という立場上、口では同意も否定も出来なかった。

しかし、実をいうと傑も同じことを思っていた。特に、己の気遣いに養母が喜ぶのではないかという妄想でにやにやしているあたりが、傑には気持ち悪かった。

あの兄は傑が生まれたころから、父帝の不興を買って領地でほぼ謹慎のように閉じこもっていた人だ。だから彼が即位するまで、傑は彼の顔をほとんど見たことがなかった。そしてなにを仕出かしたかは知らないが、前非を悔い妃も持たず身を慎んで反省しているのは、偉いなと思っていた。

だが今、単に父帝の妃にずっと横恋慕していただけの人だと知って、傑はただただ残念だった。

「宝琴さんは、なんであのおじさんにそんなに信用されているの？」

「わたくしの尽力で、瑜妃さまが皇上の想《おも》いに応えたから……という体《てい》でいるからよ」

「体なんだ」

「ええ、体よ」

ただでさえ心に痛手を負っていたところに、なにやら追いうちをかけられたような気がして、傑はダンゴムシのように身を丸めた。

それでも養母の前に通されたら、傑もさすがに背筋を伸ばす。

そして養母である瑜妃も、義息がいきなり女装して現れたことに、さすがに啞然《あぜん》としていた。

むべなるかな、と傑は思いつつも、女装していても養母の目に嫌悪がなかったことに、安堵《あんど》のような気持ちを抱いていた。

長い沈黙のあと、養母は震える声で呟く。

「傑……なの？」

「はい」

傑の口からは蚊の鳴くような声しか響かなかったが、今の風体には合っていたかもしれない。

「お前……よくも！」

瑜妃は急に声を荒らげた。反射的に傑は肩をびくりと震わせたが、その声は傑に向けられたものではなかった。

声を向けられた当人——宝琴は、水をかけられた蛙《かえる》ほどにも応えた様子がなかった。愉快そうな声を発する。

「こちらにはこちらの思惑がございます、瑜妃さま。こちらとしては、今はまだ瑜妃さまに抜けられては、困るのです」

「わたくしは、そのつもりは……！」

「少なくとも、殿下がここにおいでであるかぎり、瑜妃さまが御身を粗末になさることはない……そうでございましょ？」

「…………」

傑は自分が悪手を打ったと感じた。そうでなければ、養母がこんなに苦しげな顔になることはない。事情のすべてを把握していなくても、いや把握していたとしても、養母にこんな顔をさせるのは、いけないことだと思った。

傑は二人の間に身を滑りこませた。宝琴から養母を庇《かば》うようにして、口を開こうとすると、養母が傑の肩に手を置いた。

「義母上《ははうえ》、私は……」

傑が振り向くと、彼女は首を横に振った。

その動作だけで養母がなにを考えているか、傑になにを促しているのか網羅できるほど、傑は彼女と心を通わせあってはいなかったが、彼女の「とりあえず黙れ」という意図は通じた。だからそれに従った。

「おまえの言っていることは正しい。それに、ここに入りこむのに成功した今では、確かにこの子はここにいたほうが安全だわ……けれども入りこむまでの間、この子を危険に晒《さら》したこと、わたくしは許さない」

「具体的に、どう許さないので？」

「おまえを皇帝の閨《ねや》に送りこんでもいいのよ」

宝琴はほほ、と笑った。

「あら、まあ。その時は事前に教えてくださいましね。きちんとおめかししなくては。うまく帝寵《ていちょう》を得ましたら、わたくしとしても、瑜妃さまはもう用済みになりますね。もちろん、殿下のことも」

宝琴がちらと傑を見た。窓の桟に積もった土ぼこりでも見るような目だった。

ちっ、と養母の口から舌打ちが響いた……ということを、音が耳に入って、養母を二度見してから初めて傑は把握した。

彼女がこんな行儀の悪いことをするなんて、一度も見たことがなかったからだった。少なくとも彼女にとって、宝琴は遠慮なく付きあえる相手であるということだった。

――だとしたら、宝琴は養母上にとっていい存在、ということになる？

傑は大いに混乱した。なぜなら傑にとって遠慮なく付きあえる相手というのは、《明の星》しかおらず、彼は傑にとって大事な存在だったからだ。

なお、この場合、じいやが別に大事ではないというわけではなく、彼は殿堂入りにして特別な立場にいる存在なので除外している。

傑が短絡的に悩んでいる間にも、養母が宝琴に物言いをつける。

「それから、この子に雑な装いをさせたことも許せない。いくら新入りの女官としての扱いとはいえ、この子はもっとかわいくお化粧できたはずよ」

「……義母上？」

心底どうでもいい方向に話が飛んで、傑は思わず声をあげた。

そして、宝琴も今日一番困った顔をしたし、それどころか「申し訳ございません」と、先ほどの糾弾を受けても発しなかった謝罪を口にした。

「ですが、あまりかわいく仕上げて、万が一にも皇上に見初められても困るので」

うげえ、と声をあげたのは、これまでずっと黙っていた《明の星》だった。

「そうなったら、あのおじさんの気持ち悪さ限界突破だね」

養母が《明の星》のほうを向く。

「この子は？」

「あ、か、彼は……」

「瑜妃さま、歓迎なさるべきですよ。彼は殿下の命の恩人です」

「そうです。こんにちは」

謙遜の「け」の字もない態度で、《明の星》はさらりと挨拶した。

その態度はどうなんだと思わないでもないが、彼が命の恩人であることをこの世の誰よりも否定してはいけない立場であるため、傑はなにも言わなかった。

養母は軽く目を見開いて、傑と《明の星》の顔を交互に見る。今日は養母が滅多に見せない顔をずいぶん見るなと傑は思った。

「そうなの？」

その問いは、傑に向けられたものだ。

「はい。彼と彼の一族は大恩ある人々です。一生かけても返しきれない……」

きちんと説明しようという意気込みで語りはじめると、《明の星》が近づいてきて、傑を小突く。

「よして。傑こそ、先にうちのばあちゃんを助けてくれたんだから」

小突きあう二人を見て、養母が「そうなの」と呟いた。

「傑のお義母《かあ》さん。さっきの発言でわたしは罰されますか？」

「いいえ。息子の命の恩人を罰するなんてとんでもない。けれどもそれを除いたとしても、罰する気持ちはないわ」

養母も皇帝のことを気持ち悪いと思っているということだ。その事実に、傑は安心しつつも、胸が痛んだ。

彼女は本意で皇帝の妃《きさき》になったわけではないのだ。

「傑」

「はい？」

不意に腕を引かれた。

「顔を、よく見せてちょうだい」

「……お化粧を、ですか？」

「違うわ」

しかし傑の顔をぺたぺたと触ってくるあたり、やはり化粧ではないかと傑は怪しんでいた。だがひとしきり触りおえると、養母は一瞬、泣き笑いのような顔になった。

「ああ、ちゃんとここにいるのね……」

そう言って養母は、傑を抱きしめてきた。

※

「聞いてくれ！　瑜妃の宮に入った新人がよく働くらしい、という噂《うわさ》を耳にした」

と、傑が嬉《うれ》しそうに言ってきた。

「それで？」

《明の星》が問いかえすと、傑はより嬉しそうに目を細めた。

「仕事ぶりを認められるのは嬉しいなあ」

傑ってかわいいやつだよなあ、としみじみ《明の星》は思うのである。

……と、いうのが昨日あったことだ。

後宮に入りこんで数週間。傑と《明の星》は、ただひたすら仕事をしていた。そして、二人ともよく働くもので、たいへん重宝されていた。

実をいうと《明の星》は、いくら口止めしていても、傑の顔を見知った女官・宦官《かんがん》がいる以上、いつか傑の正体が外部に漏れるのではないかと危ぶんでいた。

が、それは外れた。

皆口が堅いから、というわけではない。もう誰もいなかったからだ。どういう事情か知っているが、知らないほうが嬉しかったな、と《明の星》は思っている。

宝琴が言うには、ただでさえ皇帝の代替わりで人が入れ替わったのに加え、瑜妃に長く仕えているということに悋気《りんき》を起こした皇帝が、男女問わず追いだしたからだという。

それを聞いて、あのおじさん本当にいいところがないな、と《明の星》は皇帝に対する評価をより強固にした。統治者としてはどうだか知らないが、故郷からここまで来るにあたって、いろいろと見てきた身としては「即位して日が浅い」では済まされないところもある。

いい面があるとしたら、解雇にあたって男女分け隔てしなかったところくらいだが、彼の言動を鑑みると適切な分け隔てというのは必要ではないかなとも思うのだ。

ああ、でももう一ついい面があった。

傑がただの頑張る新入りとして、安全に立ち回れていることだ。

しかし、この状態はきっと長くは保《も》たないだろう。

傑も《明の星》もそのうち、女装や宦官の装いに無理が出る。それに瑜妃にも不自由がある。表向き、瑜妃の身の回りの世話のために傑と《明の星》が配属されたが、実態として彼らでは手が回らないのである。

具体的には、瑜妃の風呂の世話ができない。

宝琴をはじめ、数少ない本物の女官が頑張っているが、瑜妃の手入れが整っていないと皇帝が怒るのだという。

しかし瑜妃は、いたって楽しそうに日々を過ごしている。もちろん《明の星》が見ている範囲だけの話であるが。

「包《ほう》や、こちらにいらっしゃい」
瑜妃の宮の庭で流蘇《りゅうそ》の剪定《せんてい》をしていると、声が響いた。包というのは、ここで働くにあたって与えられた名だ。《星》の最初の音が「包」と同じであるため、それを姓とされた。

その名を与えた本人である瑜妃が、窓から手招きしている。

「今、お仕事中なんです」
「その木はあまり切ってほしくないのよ。あとで他の者には伝えておくから」
「そうですか」

なにか思い入れがあるのかもしれない。ここから瑜妃の姿が見えるということは、彼女はあえて自室から見える場所に植えさせていたのかもしれない。

「墨を磨《す》るのを手伝ってちょうだい」
「はい」

傑がいれば傑にさせただろうが、今傑は他の妃のところにお使いに行っているため、不在であった。瑜妃はあえて傑を外に出している。そうすることで、間違ってもここに皇弟がいると思われないように、と。

宝琴に「危険な目にあわせたことを許さない」と言っていたわりに、彼女もまあまあ危ない橋を渡るものだな、と《明の星》は呆《あき》れ半分恐れ半分の思いだった。

ここは、本当に恐ろしい場所で、それなのに傑があそこまでまっすぐに育ったのは、奇跡ではないかと《明の星》は思う。

「耳が痛いわね」

「そうですか？」

傑を危険な目にあわせている云々《うんぬん》についてではなく、今の皇帝が統治者としてどうか、という話である。

「わたくしはだいぶ政治に介入しているから、結局のところそれはわたくしに対する評価でもある」

「ああ……まあ……そうですね」

《明の星》ですら一瞬忖度《そんたく》しようとは思った。だがそんなおもねるようなことは性に合わない。

「不敬な態度ね」

「人を見て態度を決めているんです。傑を育てたお義母さんなら、耳に痛いことを言っても怒らないんじゃないかなって思って」

そう言うと、瑜妃はあからさまに嬉しそうにする。

「なるほど……あなたは、人のご機嫌をとるのが上手ね」

《明の星》と彼女は、ずいぶんと打ち解けていた。

「なにかご褒美をあげましょう。欲しいものはない？」

自分に対しては特になかったので、少し考えて思いついたことを口にした。

「傑と宝琴さん、あまり一緒にしないであげてほしいです」

瑜妃は楽しそうに言う。

「まあ、それはなぜ？」

「傑が気まずそうです」

「あらあら、それはあの子があの娘のことを好きだから？」

さすがお義母さん、息子のことをよく見ている、と《明の星》は舌を巻いたが、部分修正だけはしておく。

「好きだったから、です。傑は自分の初恋が暗い思い出になっているみたいで、宝琴さんと一緒にいるだけでしょんぼりしているんです」

「宝琴のこと、あなたは苦手？」

「わたし自身は別に、好きでも嫌いでも。傑に対しては、ああいう人が傑のお嫁さんになったら、すごく安心します。ただ相手が、傑のこと好きなら」

《明の星》の言葉に、瑜妃は苦笑いした。

「あの娘は傑のためになるような子ではないから、お勧めはできないわね……刺激的な相手ではあると思うわ」

「裏がありますからね」

「裏があること自体は、悪くはないわ。誰にだって目上の者に対して見せる態度というものがある。けれどそれは、必要な装いなのよ。あなたは人前に裸で出る？」

「冬とかに裸で出たら凍死してしまいます」

「あらまあ、喩《たと》えが悪かったわね」

「でも、言わんとすることは分かりますよ。裏があること自体は悪くなくて、宝琴さんの持つ裏が悪いというだけのことですよね。悪いというか、傑に都合が悪いということ」

「そうなのよ。だからあの子、女の趣味が悪いとずっと思っていたのよ。こう言うのはなんだけれど、諦めてくれてほっとしているわ」

《明の星》は、ぷっは、と吹き出した。

「傑って、お父さんのこと見る目がないって言ってたのに！」

「先帝は女を見る目がないわけではなく、割りきりが出来たお方だったのよ。でも……最初は、あの子みたいだったのかもしれないわね。わたくしが生まれる前のことだから分からないけども」

「皇子に、お父さんみたいになってほしくないんですか？」

「それは嫌」

言って、瑜妃はハッとした顔をした。

「ああ……わたくし矛盾してるわね。あの子に成長しろと、変わることを求めているけれど、かといって先帝みたいになってほしくもないなんて」

なにかを取りつくろうように呟《つぶや》いてから、瑜妃は《明の星》の顔を覗《のぞ》きこんだ。

「……ねえ、あなたは人を見透かしてるの？」

探るような目。

《明の星》はそれを事もなげに受け止める。

「見透かしているというより、傑のお義母《かあ》さんは、こういうことを話せる相手が近くにいなかったんじゃないかなーと思うんですよね」

「そう、ね……もう、何年も近くにいないわ」

「昔はいたんですか」

「ええ、昔はね。あなたはその人と、少し似ている」

その似ている人について話されることも、明の星の要望が叶《かな》えられるかどうかの話になることもなかった。

傑が問題を抱えて戻ってきたのである。

いや、それは語弊がある。傑自身に問題はない。単にその情報を持ってきたというだけのことなのだから。

「皇后陛下に不貞の噂《うわさ》が！」

「なんですって！」

誰よりも取り乱したのは瑜妃だった。

※

緊張感はあるが、傑は女官生活を楽しんでいた。

女の子と身近に接することができるという、助平心によるものではない。いつも近くに宝琴がいることもあって、傑はそういう意味では女の子のことがすっかり怖くなっていた。

それに性格上、立場を利用して云々……ということはどうも苦手だ。

身近なものがいなくなった後宮はよそよそしい場所となっていたが、皇帝に左遷される前の時点で、すでに後宮で起居することも少なかったおかげか、それほど寂しいと思うこともなかった。

それに現在は、見知ったものがいないほうが、安全であるということでもあるし。

「ひえっ……で、でん」

という、旅仲間だった黄太監との接触があったが、彼は慌てて己の口を塞いでそそくさと去っていった。

彼にいいことがあってほしいと、傑は願ってやまない。そしてあの部屋で渡してくれた金をなるべく早く返したい。

それはともあれ、傑は後宮で至極平和に過ごしていた。傑は《明の星》の集落にいたときのように、女官として真面目にせっせと働き、そして夜はちょっと物語を書いてみたりもしている。

当初の目的を忘れたわけではない。しかし養母は「皇后陛下のご出産が無事に終わったら、いろいろなことを話す」と言った。だから傑は黙ってそれを待つことにした。

それがあの日、傑を抱きしめて「生きていてくれてよかった」と泣いた養母に報いることなのだと思っている。

しかし気になることは気になるので、傑は皇后の動静に自然と意識を向けるようになった。だからこそ、噂が炎となって燃えあがる前に摑《つか》むことができたのだ。

「よくやったわね、傑」

たかが噂といっても、その噂が出る時点で、後宮の女は痛手を負う。なぜならば、ないことを証明するのは難しいからだ。

「皇后陛下のもとに向かいます。宝琴、準備を」

そうして養母は慌ただしく去っていった。

傑たちは仕事をしながら、その姿を見送った。

「傑のお義母さんは、あのおじさんのことが嫌いなのに、あのおじさんの奥さんと子どものことは大事にしているんだね」

《明の星》の言葉に揶揄《やゆ》はない。

「親は親だし、子は子だから」

「でも、子は親の子だから」

妙に会話が嚙《か》みあわないが、《明の星》と傑はもうそういうことは慣れっこだった。

「なるほど。これは『感覚の違い』というやつだ」

「そうだね」

二人、頷《うなず》きあう。

「では、それを除いて話そう。とにかく無責任な噂はよくないと思う」

「それは同意」

「それに妻が夫を裏切るだなんて、あってはならないし、信じるべきだと思う」

「傑は自分の奥さんがそうなったら、どうするのさ」

傑は脳裏でそのときの自分の心の動きを分析してみた。そして眉をへにゃりと下げた。

「……まず悲しくてしんどくなる」

「はは、意地悪言ったね。ごめん」

「君はどうなんだ」

《明の星》は淡白だった。

「まあ、育てること自体は自分の子じゃなくても問題ないよ。わたしの周りでは前の旦那さんとの子ども込みで妻を娶《めと》ることが多いし、子どもに分け隔てしないからね。でもそれは、妻が他の男と不貞していいということではないからね」

その言葉に、傑はふと考えこんでしまった。

「…………」

《明の星》は傑の顔を覗きこんできた。

「なにか問題あった？」

「いや、問題とかではない。もし私が君と一緒に育っていたら、私たちは血がつながってなくても兄弟になれたんだなあと思った」

微《かす》かに照れながら言うと、《明の星》はなんだ、と一笑に付した。

「一緒に育たなくても、義兄弟にはなれるでしょ。それって、傑のところもうちのところも共通の風習じゃない？」

「確かに」

「だからわたしたちは、ここから出たら兄弟になろう」

「今日からでは駄目なのか？」

「今日からだとわたし、対外的には傑のこと姉妹って呼ばないといけないけど、それでいい？」

よくなかった。

《明の星》との会話は横道にそれてしまったものの、傑は皇后のことを忘れなかったし、不貞の噂がどんどん広がっていくのを目前にし、胸を痛めていた。

「皇后陛下は、もう駄目かもしれない……」

養母ですら難しい顔をするようになった。もし不貞が確定した場合、皇后は腹の子ごと処刑されるのだ。

しかし皇帝自身は、皇后の腹の子は自分の子であると主張しているらしい。妻を信じる夫であることを知り、傑はあの兄を気持ち悪いと思ったことを恥じた。

傑が皇后を救う一手に遭遇したのは、完全に偶然だった。だがその一手を摑んだのは、皇后のことをなんとかしてやりたいと全方面に意識を集中していたからである。

そして、黄太監にお金を返したいという、人として当然の気持ちを持っていたからでもある。

その日傑は、貰ったお金に女官としての俸給を追加した額を持参して、小さな東屋《あずまや》に向かった。

そこでは黄太監が汗を拭き拭き待っていた。

「お金を返しに参りました。太監さまのご恩は忘れません。おかげで母の面倒を見ることができました」

微妙に真実を混ぜながら、お礼を述べて巾着を渡す。

「あ……拙のことは、その件でお呼びだしに？」

「？　ええ」

他にどういう件があるというのだろう。自分も相手も危険に晒《さら》しかねないというのに。

黄太監は、きっちり自分が渡したぶんの金額だけ取りだして、巾着を傑に返してきた。

「そういうわけには……」

「いえ……いや。また何かあったら相談しなさい。出来るかぎりのことをしてやろう」

その目は顔面の肉に埋もれてまことに小さかったが、優しい光をたたえていた。

「ありがとうございます」

頭を下げ、黄太監と別れた傑は、義母の宮に戻る途中で自分と同じように誰かに巾着を渡す女を見つけた。

借金を返している人間が自分以外にもいるらしい、と思った傑だったが、すぐ「いやそんなことあるか？」と思いなおし、物陰に隠れた。

聞き耳を立てたところで、大して会話も聞きとれなかったが、かろうじて拾えた単語がある。

「皇后……」とか「不義……」とか。

おそらく、最近これらの言葉を気にしていたせいで、耳の感度が上がったのだろう。ともあれ、皇后の不貞疑惑に関することと察した傑は、二人の跡をつけ……たりはしなかった。

ここに来て、傑は己の読書経験が生きていることを実感した。こういう時、小説では跡をつけた結果、後ろから殴られて気絶したところで捕まるのである。

跡をつけなければ身元を確認できない、という問題もない。

なにせ傑は記憶力には自信がある。そのうえ、ここ最近お使いで宮の外をうろつくことが多かった。おかげで後宮にいる宦官《かんがん》・女官の顔は大体見知っているのだ。

だからわざわざ追跡をしなくても、どこにお勤めのどなたなのかは分かるのだ。

女が巾着を渡した相手である男性は、誰かは分からなかったが、どこにお勤めなのかは察しがつく。宦官以外でここに出入りができて、なおかつ傑に見覚えがない男といったら、太医かその弟子の誰かである。

こうして持ち帰った情報を伝えると、養母はまず「勝手に一人で出歩いてはいけない」と叱り、「危ないことをしないのはよかった」と褒めてから、宝琴を連れてどこかに出かけていった。

数日後、後宮で一人の妃《きさき》が、罪を犯した妃嬪《ひひん》が送られる冷宮に放りこまれたと、傑は聞いた。男についてはなにも聞いていないが、医者の誰かが処分されたのだろう。

「皇上は、最後まで皇后陛下を信じておいででしたね。やはり夫はそうあるべきだと思います」

養母にそう告げると、彼女はどうも微妙な顔をしていた。

「どうなさいましたか？」

「いいえ」

と、彼女は静かに笑う。

「もう少しで、わかるわ」

※

そうしてついに、一部の人間が待ちに待った日が来た。

皇后が出産した日だというのに、他の女のところに来る皇帝のことを、その他の女こと瑜妃は輝かんばかりの笑顔で出迎えた。

「皇子のご誕生、おめでとうございます」

「ようやく約束を果たした。君をこの腕に抱ける日が来た。皇后の騒動では、肝を冷やしたよ……朕の子だと朕が言っているのだから、無視すればいいものを」

皇帝は上ずった声をあげる。

「わたくしもまさか、皇上がここまでわたくしの望みを叶《かな》えてくださるとは、思いませんでした」

瑜妃は頬を染めて、嬉《うれ》しそうに顔を伏せる。

「朕も、君がこんなにも朕の治世のことを慮《おもんぱか》ってくれたこと、感に堪えない。だが、できれば君との子を、太子に立てたい」

「先帝の妃であったわたくしには、勿体《もったい》ないお言葉です。皇上の後宮に迎えていただくことにすら、批判の声が多かったのですから」

瑜妃は苦笑いする。

「だが、あれは疑惑が付きまとう子だ。君との約束があったからこそ、出産まで許したが、どのみち、即位はさせんよ」

それにしても、と皇帝は大きくため息をついた。

「君があと少し若ければ、最初から朕の後宮に迎えることができたというのに……耄碌《もうろく》した愚帝の一妃嬪であったことは、君にとっても辛《つら》いことだっただろう」

瑜妃の片眉が、微かに動いた。

「あの方は、確かに皇帝にふさわしい方ではありませんでしたわ」

「そうだろう、そうだろう」

同意を得られ、皇帝は満足そうに頷《うなず》く。

「ですが父親として、なにより先の皇后陛下の夫としては、このうえないお方だったに違いありません」

「む……」

生母のことを出され、皇帝は少し言葉に詰まった。

「た、確かに、母后陛下とはそれなりに仲のよい夫婦ではあったが」

「それなりに、ではありませんわ。このうえなく、です、皇上。そうでなければ、あなたさまの今日はありませんもの」

「確かに母后陛下が廃されていれば、他の者が帝位を得ていただろうな。いやしかし、君は思っていたよりずっと、母后陛下と仲がよかったのだな」

「大恩ある御方ですもの。今の皇后陛下にも誠心誠意、お仕え申しあげますわ」

瑜妃は艶然と笑う。

「頼もしく、奥ゆかしいことだ」

瑜妃を褒めたたえながら、勧められるがままに杯を重ねる皇帝は、やがて頭をぐらんぐらんと揺らしはじめた。

「おかしいな……酔いの回りが早い」

瑜妃が気づかわしげな顔になった。

「皇上、少しお休みになられますか？」

「ん、いや……」

「わたくしの、寝所で」

瑜妃が皇帝の耳元に甘く囁《ささや》くと、皇帝はぎらぎらと欲にまみれた目を、その麗しい顔貌に向けた。

「もちろん、もちろんだとも！」

瑜妃に手を引かれるがまま、椅子を立ち、歩みを二歩、三歩と進めた皇帝だったが、不意にぐらりと倒れこんだ。

「あ……いぇ……」

瑜妃は、繋《つな》いでいた手を振りはらい、汚いものを触ったかのように、自分の袖で手を拭った。

「ようやく効いたわね」

つい数瞬前《すうしゅんまえ》の、甘く、とろけるような声は、もはやみじんも感じさせない。刃のように鋭い声だった。

朱唇が、にい、と孤を描いた。

「おま、えっ……がっ」

皇帝が震える手を伸ばすが、瑜妃は素早く離れた。

「わたくし、ずっとこの日を待っていたのよ。それでも一度は先の皇后陛下のご恩に免じて我慢しようと思っていたのに、お前が自分から飛びこんでくるから。しかもお前は、傑を殺そうとした。わたくしたちの息子を！　……許せるものではない」

瑜妃が、「殺そうとした」と未遂で語っていることで、皇帝は傑の生存を察したようだった。

「この……ような、ことを、してっ、傑が、即位、できるとでも」

「あなたさまは、なにかを勘違いしておいでのよう」

瑜妃は袖を口元に当てる。心底楽しそうに笑った。

無様に這《は》いつくばる皇帝を、心底馬鹿にした顔で睥睨《へいげい》した。

「わたくしは、我が子を幸せにしたいのです。そして皇帝であるあなたは、今幸せなのですか？」

皇帝は苦悶《くもん》の形相の中にも、「なにを言っているのかわからない」といった顔をした。

彼が愚鈍だから、と決めつけるのは酷だろう。なにせ今彼は死ぬかどうかの瀬戸際にいるのだから、頭が回らなくても当然だ。

瑜妃も、自分がこの件については理不尽だったと理解していた。

「死に際の相手に、遠回しなことを言うものではなかったわね」

そう独りごちたが、かといって瑜妃は、言いなおすような親切なことはせず、話を変えた。

「昔。具体的には傑が生まれる一年前、あなたはたいへんな不品行をなさったこと、覚えておいでかしら?」

「ふひ……」

「あのころあなたは、わたくしへの横恋慕が高じて、わたくしの宮の侍女を一人手籠めにした」

皇帝の様子を眺めていた瑜妃の目が、暗く濁る。

「覚えているようね。でもその相手は覚えてもいないのでしょう……これについては責めないわ。だから傑を守ることが出来たのだから……」

不意に、瑜妃はけたたましく笑った。

そして正気を踏みはずしかけた、不安定に揺れた声で言いつのる。

「その侍女はね、お前の子を孕《はら》んだの。わたくし、その子をこっそり産ませて、そして子を始末して、また彼女と一緒に過ごそうと思ったのよ。でも彼女は産褥《さんじょく》の床で死んだ……わたくしに、子を頼むと言いのこして。わたくしが、あの子を連れてこなければ、あの子は死ななかった……だからわたくし、わたくしたちの子を守るために先の皇后陛下と、そして先帝陛下と取り引きしたのよ。賭けだった。皇帝、皇后としての職務と利権を守るためだったら、わたくしごと子を始末すればいいだけのことだったものね。でもあの方たちは、あの子の産んだ子を、先帝の子として認め、そしてわたくしを養母に据えた。なぜかわかるわね？　あの方たちは、お前の親として子を守ることを優先したのよ。いえ、先帝陛下は、先の皇后陛下のほうが大事だったのかしらね。皇太子が後宮の女に手を出すなんて、廃嫡されてもおかしくないことだもの」

皇帝はもう、呻《うめ》き声をあげて床の上でぴくぴく震えるだけだった。

「こんな男を、皇太子のままに……未来の皇帝として遇するなんて。皇帝ならば皇太子の不品行を叱責すべきでしょう。さっき言ったとおり、確かに皇帝にふさわしい方ではなかった。でもわたくし、先帝を責められないわ……もし彼が、正しく皇帝のままだったら、傑は生きていられなかったもの。でも……傑と二人で一緒に、あの子のところに行けたのなら、それはそれで幸せだったかもしれないわね。そう出来なかったことも、ぜんぶお前のせいよ。わたくしはお前が憎い」

瑜妃は皇帝に近づくと、その頭を踏みにじった。

「お前はわたくしを奥ゆかしいと言う。賢妃と褒めたたえる。それを聞く度に、こうしてやりたくて、仕方がなかったわ。先帝の皇帝としてふさわしくないところに、わたくしが付けこんで利を得た以上、あの方の皇帝としての務めを支えようと思ったのよ。それに先帝の治世が安泰である間は、お前は皇帝になれないのだから！」

何度も何度も踏みつけると、肩で息をつきながら、瑜妃は声をほんの少し穏やかなものにした。

「どうしてひと思いに止めをささず、こんなことをぐだぐだと話しているか、不思議でしょう？　お前が死ぬ理由を教えるため、そしてわたくしの罪をわたしたちの子に教えるためよ……傑、聞いていたでしょう」

「義母上《ははうえ》……」

垂れ絹の間に隠れていた傑は、そっと部屋の中に進みでた。

今ここには、傑の親がいる。傑の実の父親と、傑の育ての親と。前者は、もう絶命しているのだろうか。

「今からあなたは、母親の仇《かたき》が息を引きとる瞬間を目の当たりにできるわ。この男と、わたくし。あなたの手で刺し殺してもいい。大丈夫、皇后に子が生まれて嫉妬したわたくしが、無理心中を図ったことにできる」

「義母上、私はそんなことは望みません」

「そう……あなた、まだわたくしをそう呼んでくれるのね」

瑜妃は一瞬、泣きそうな顔になった。

「では、わたくしたちが死ぬ瞬間を見とどけるといいわ」

そう言うと、瑜妃は卓に駆けよって、皇帝が使っていた杯に手を伸ばす。

「あっ！」

瑜妃を追った傑は杯を払いのけ、次いで蹴とばして、遠くに転がした。当然中身は床に飛びちり、毛足の長い絨毯《じゅうたん》に吸いこまれていった。

「傑、お行儀の悪いことをするでない！」

思わずかつてのように叱責する瑜妃に、傑は眉をへにゃりと下げた。

「はい。私はまだ義母上からのご指導が必要な、不肖の息子なので」

傑の言葉を聞き、瑜妃は目をぱちりと開いた。養母も息子も知らないことだったが、実は彼らはその表情がよく似ていた。

ややあって、瑜妃は肩を落として呟《つぶや》いた。

「あなた、わたくしをまだ死なせてくれないのね。わたくしにだけ意地悪なところ、あの子にそっくりだわ」

傑は困り顔のまま言う。

「私は、生母のことをよく知りませんので、そう言われてもぴんと来ません。だから義母上、あなたの罪とやらより、生母との思い出を教えてくれませんか？」

「そういえば、そんなに話していなかったわね……」

そう言うと、瑜妃はホロホロと涙を流した。傑は手を伸ばして、袖でその涙を拭う。

そして傑が払いのけたほうではない、瑜妃の使っていた杯に水を注いで差しだした。

瑜妃はそれを素直に受けとり、一口飲んで呟いた。

「おいしいわ」

※

翌日、皇帝の崩御が発表された。

大葬の儀式が終わったころ、傑と《明の星》は、唐家で門番をしていた。具体的には、門番の代わりをしつつ人を待っていた。

ほんの少しの間であるが、《明の星》は唐家で栄養価の高いものをたらふく食べさせてもらったのと、成長期がかちあったせいで、傑よりも背が高くなってしまった。

夜、寝ている際、骨がきしむ音で目が覚めるのだという。

今の彼なら、女装しても一目で男だと分かってしまう。

彼がこのまま自分の部族に戻ったら、あの婆《ばあ》さまから偽物！　とか言われてぶん殴られないだろうか、と傑は少し心配をした。

《明の星》の心配ではない。ご婦人の心配だ。頭に血が上ってぽっくりいったら、傑が悲しい。

なので、最近彼女に手紙で報告しておいた。

《明の星》の帰りが遅いことの詫《わ》びもしておきたかった。あと、砦《とりで》の留守番をしている少年に、もういいよとも伝える必要があったし、都で売っている色糸も送ってあげたかったし……まあ、色々。

最終的に手紙や小包を超えて大包になった荷物を、昨日配達人に託したのだった。

「傑はさ、皇帝になりたいと思わないの？」

すっかり低くなった声で、《明の星》は問いかける。

「思わない。義母上は私に幸せになってほしいそうだから」

傑は断言した。

「皇帝は幸せになれないんだ？」

「少なくとも義母上はそう思っている。私自身の見解では、そんなことは人によるだろうと思っている」

「じゃあ、傑は皇帝になりたいと思わないの？」

「……なんだか質問が一周したな」

「最初同じこと聞いたときに、傑がちゃんと答えなかったからだよ」

「そうか？　いやそうだな。すまない。答えをはぐらかすつもりはなかったんだ」

「分かってるよ。傑はわざとそんなことしないよね」

律儀に謝る傑に、《明の星》は喉の奥でくっくっと笑っている。

「私は皇帝にはなりたくない。なぜなら、私が皇帝にならないことが、義母上の御身を守ることになるからだ」

あの後皇帝の死体は、後宮内の池に投棄した。

翌朝発見されて、それはそれは大騒ぎになったが、瑜妃に疑いはかからなかった。なぜなら皇帝が瑜妃の宮を訪ねたのは、極秘のことだったからだ。

さすがに皇后が出産した当日に、他の妃《きさき》のところに通うのは外聞が悪いからである。そんなの、数日我慢すればいいのに……というのが、傑の率直な感想である。

自分の実父の頭がそうまで性欲に支配されていたのかと思うと、傑は今でも切ない思いになる。同時に、養母の手管の凄《すさ》まじさに、背筋も震える。

養母はあの日、自分がどう転んでも、傑に累が及ばないようにしたのだ。

傑が二人を手にかけたら、無理心中になるように。

傑が二人を手にかけず、外傷なしで死ぬようだったら腹上死になるように。

傑が養母を許した場合、こっそり遺棄しても発覚しないように。

そして最後の選択肢の場合、傑にとって養母は大事な人間であるから、養母は自分自身を人質にすることで、傑を決して帝位につけないようにと取りはからった。

皇帝の葬儀では、まだ産褥の床から起きあがれない皇后に代わり、また先帝の時の経験もあり、瑜妃が後宮側の儀式を采配した。

その際に廷臣の一人から、皇帝の死は瑜妃の差し金ではないかと糾弾されたのである。

しかし皇后が産んだばかりの子が皇帝になるべきだと主張し、自分が摂政になることも辞退した。

さらに瑜妃は、傑を擁立するどころか剝奪された権利の復活も要求しなかった。これによって、瑜妃は客観的に見れば皇帝の死で損しかしていない立場となり、ほぼ完全に疑いを退けたのである。

もし傑が皇帝になったら、こうはいくまい。瑜妃は得をしたと考えて皇帝の死を怪しむ人間も増える。そうしたら、いずれは真実に辿《たど》りつかれる可能性も高くなる。傑は大事な養母を守るために、帝位を諦めざるをえないというわけだ。

あれほどの手腕で人を出しぬかないと皇帝になれないのなら、自分は一生なれるわけがないなと傑は思っている。

もちろん、「なれない」ことと「なりたくない」ことは別で、それを切りわけたうえで傑は、自分は皇帝に「なれない」し「なりたくない」と思っている。

「傑はさ、皇子さまとしてのあれこれは、戻ってこなかったんだよね」

「そうだな。いやしかし、《明の星》たちに支払う謝礼くらいは、ちゃんと手元に残しているからな！」

傑が慌てて言うと、《明の星》は傑の頭を抱えて、くしゃりと髪をかきまぜた。

「そこは心配していないって！　というか、昨日ばあちゃんに送ってくれたのだけで、十分すぎるくらいだよ！」

「うわ、やめろ！　……それならいいんだが」

「今の傑ってもう平民ってことになるよね。これからどうするの？」

すでに考えていたことだから、傑はすらすらと未来の展望を述べる。

「外国に行こうと思っている。そこで小説を書こうと思って。私のような人間を題材にした内容で……なんて顔するんだ」

神妙かつ笑いをこらえた顔を向けられ、傑は思わず言葉を切った。

「傑……それはね、正直売れないと思うよ」

「そ、そうか」

「だって君の話、分かりやすくないんだもの。あ、だから外国に行こうと思ってるの？外国だとそういうの流行してるの？」

「そういう事実は聞いたことはないが、ここよりは可能性がある」

「じゃあなんで、わざわざ外国に行く必要あるのさ」

「いやな、この国でこの国の皇族を題材にすると、確実に官憲に目をつけられてしまうからな」

なにせ、皇族の「こ」の字も出ない物語だとしても、登場人物が皇帝と同じ姓を名乗るだけで、物言いを付けられるような国だ。なお、その登場人物が善人であるかどうかも、まったく関係がない。

「それを書くためだけに、外国行こうとする君の根性に敬意を表して、これ以上何も言わないでおく。でも最後に聞かせて。傑って、小説書いたことあるの？」

揶揄《からか》いを帯びない《明の星》の質問に、傑は曇りなき眼《め》を向けた。

「今書いてる最中なんだ！」

「いいお返事。どれくらい進んだの？」

意地悪く問う《明の星》に、傑は大真面目に答える。

「どれくらい……今字数を数えるから、ちょっと待ってくれ」

「いいよいいよ！　今わたし、余計なこと言った！」

記憶している文章の文字数を数えはじめた傑を、《明の星》は慌てて止めた。

「やる気があればいつかは完成する。売れるか売れないかは別として」

傑も売れるかどうかは別ということは、ちゃんとわきまえてはいたのだった。

そして傑にしては珍しく、冗談まじりに言う。

「いよいよ生活が苦しくなったら、君のところに行くから、そちらでの生活の仕方を教えてくれないか？」

「いいよ」

と、《明の星》は快諾した。

だが、快諾だけでは済まさなかった。

「でもその場合は早めに見切りをつけなよ。すっかりよぼよぼになってから、新しいこと覚えるって大事《おおごと》だし、教える側もしんどいからね」

「身も蓋もないな。そう思うと、じいやはすごいんだな」

「そうだね、あの人はすごいね」

なにせ老齢で、交流のない皇弟にくっついて辺塞に赴き、前向きに現地に馴染《なじ》むあの活力。傑が同じ年齢になったとき、あのような老人になっている自信はなかった。

「体が動くうちにやること覚えて、慣らさないと大変だから、早めにおいで」

「そうする」

「約束だよ、我が友」

「兄弟じゃないのか？」

「そうだった」

照れくさそうに笑ってから、《明の星》が手を伸ばす。傑はその手を力強く握った。

これが、元皇弟と未来の皇帝が、お互いを友であると確認しあった瞬間であった。しかしこの時の彼らは、当然そんなことを理解していないのだった。

「それで、外国ってどれくらい遠く？　言葉喋《しゃべ》れるの？」

「ん？　ああ……なんかすまない……そんな遠いところに行くつもりはないんだ。属国の一つに行く予定だ。駝伽《だか》という……」

ふんふんと頷《うなず》いていた《明の星》は、ここで首を横に振った。

「ごめん、知らない」

「君たちの住む場所とは、ほぼ真逆だからな。ええと、文字も言葉も知っているから、話が通じる場所だ」

「なあんだ！　壮大な旅立ちになるかと思って損した！」

《明の星》は、傑の頭を小突いた。

「やっぱり、そう思ってたのか……だから先に謝っただろ。あとさっきから、頭を執拗《しつよう》に攻撃するのはなんなんだ」

「傑は頭にいろいろ詰めこみすぎだから、ちょっと振りおとしてやろうと思って」

「本当か？　私より背が高くなったから、いい気になってるんじゃないのか？」

二人がじゃれあっていると、じいやの声が飛んできた。

「おおい、そこの門番代行たち。遊ぶようだったら、中に引っこんでもらうぞ」

言いながら、じいやが顔を出す。

「すまない」

「はい、ごめんなさい」

二人は謝って、じゃれあうのをやめた。じいやが顔を引っこめる。

不意に《明の星》が声をあげた。

「……あ、来たかな」

簡素であるがしっかりした作りの馬車が門の前に付けられた。

開いた窓から麗しい顔が出て、傑たちを見るなり驚きの表情になる。

「まあ、傑！」

「義母上《ははうえ》」

笑いを含んだ声で呼びかけると、瑜妃が慌てて戸を開けようとする。

「お迎えしてくれたの？　嬉《うれ》しいわ」

しかしこういう馬車は基本的に、下仕えが外から開け閉めするものなので、手間取っていた。

「待ってください。私が開けますから」

そう言って傑が戸を開けると、瑜妃が外套《がいとう》を翻し、嬉しそうに出てきた。

本来この人は、親しい人間相手にはこういう屈託のない表情もできるのだなと実感し、傑は嬉しいような切ないような気持ちになる。傑を育てていた十数年間、この養母は傑に対してどんな思いで一線を引いていたのだろう。

瑜妃が傑の頬を手で包みこみ、顔を覗《のぞ》きこんでくる。

「傑、元気にしていた？」

傑は驚いたが、彼女の手を振り払おうとはしなかった。母親にとても自然なことをされていると感じた。

「はい」

続いて瑜妃は、母子のふれあいを面白そうに眺めている《明の星》に目をやった。

「こちらは……」

「《明の星》です、はい」

瑜妃が微《かす》かに口を開け、《明の星》を頭のてっぺんから足の先まで眺めた。

そして一言。

「ンまあ！」

《明の星》は喉の奥でくつくつと笑う。

「そこらの小母《おば》さんたちみたいな声出しますね」

瑜妃にそんなことを言えるのは、《明の星》くらいのものだろう。

たいへん無礼な物言いだが、それを聞いた瑜妃はむしろ面白そうに笑う。

「そうね、わたくし、あなたの友だちの母親だから、『小母さん』と呼ばれるのはむしろ当然のことだわ！」

自称小母さんは、まるで少女のように笑った。

再びじいやが顔を出す。

「お着きになったかな？」

「ああ、じいや」

傑がなにか言いかける前に、瑜妃は傑から離れ、じいやに駆けよる。

「お嬢さま……」

「じい」

瑜妃は急にその場に跪《ひざまず》いた。

「お嬢さま？」

「義母上？」

戸惑う周囲を余所《よそ》に、瑜妃はか細い声をあげた。

「ごめんなさい」

そうして瑜妃が述べはじめた言葉は、正しく懺悔《ざんげ》だった。

「わたくしたち、二人きりで居つづけることはできないから、ずっと二人で居られる場所に行こうと思ったの。でもそれであの子を失うことになるなんて、思ってもいなかったのよ……」

じいやは屈《かが》みこみ、瑜妃の肩に手を置いた。

「お嬢さま、どうぞお立ちください」

瑜妃は頭《かぶり》を振る。

「わたくしのせいで、彼女は辱めを受け、望まぬ子を産んで死んだ。じい、あなたの娘をあなたからわたくしが奪った……永遠に」

無言のじいやを前に、瑜妃は言葉を続ける。

「わたくしを罰してちょうだい。わたくし、そうされる日をずっと待っていたのよ」

「お嬢さま。私の娘は、傑さまにそんな酷《ひど》いことを言って死んだのですか?」

「え?」

瑜妃が涙に濡《ぬ》れた顔をあげた。

「望まぬ子だと」

「あ、いいえ、いいえ……あの子はそんなこと言ったことはないわ。でも」

それ以降の言葉を、じいやは言わせなかった。

「あの子は……妻によく似ておりました。したたかで割りきりが早い。きっと早々に割りきって、お嬢さまと一緒に、子を育てたいと思っていたのでしょう」

じいやは、彼にしては珍しくどこか遠い目をしていた。

「そう、かしら」

疑問を口にしつつも、瑜妃の顔にはどこか納得の色が漂っていた。

「多分。それも、そうとう楽しみにしていたはずです。あの子は、お嬢さまのことが大好きでしたから」

「そう……ええ、わたくしもあの子が大好きよ」

彼女は過去形で言わなかった。

しんみりとした空気をぶち壊すのは、たいへん心苦しかったが、傑は口を挟まずにはいられなかった。

「あの、ちょっと……」

傑本人も、ぶち壊していることを自覚しているので、ものすごく気まずい思いで声をかけた。

「話がちょっとつかめなくて……義母上とじいやは知りあい？」

瑜妃、じいや、《明の星》は目を見合わせた。

「あら、そうだったの……実はね、傑。じいはあなたの生母の父親なのよ。じい、言っていなかったの？」

「えっ」

「いえ……じじいから言いだすのはいささか憚《はばか》られて」

「あら！　まあ、それは……あらまあ、そんな遠慮しなくてよかったのに！」

瑜妃は心底うろたえた様子だった。

「えっえっ」

傑は衝撃の事実に引き続き驚いているし、養母のそんな姿を見たことにも驚いたので、ただ変な声をあげることしかできなかった。

そんな彼に人の言葉を取りもどさせてくれたのは、《明の星》だった。

「あっ、そういえば傑には言ってなかったね？」

「いや、なんで私より《明の星》のほうが先に知っているんだ!?」

傑は腹の底から叫んだ。

ある密談

呼ばれる前から、誰かがこちらに向かっていることは分かっていた。

「《明の星《あけ ほし》》、少しいいかしら」

「なに？」

だから《明の星》は、まったく驚かずに振りむいたのだった。

そこには友の養母が立っていた。

美しい人だと思う。でもきっと、昔はもっと美しかったのだろう。傑《けつ》の母親と一緒にいたのなら。

「聞きたいことがあるのよ」

お仕えしているお妃さまに対してではなく、友の母に対する口調で応える。

「わたしに答えられることかな？」

「もちろん。二択の問題だから。あなた、この国のことは好き？　嫌い？」

《明の星》は質問の意図を測りかねて、瑜妃《ゆひ》の顔を見つめた。

瑜妃は、ふ、と微笑《ほほえ》んだ。息子の友人に向ける表情だった。

「どう答えても、わたくしはあなたを責めないわ」

《明の星》は忖度《そんたく》なく答える。

「嫌いだねえ。傑とかじいやさんとか、好きな人はいる国ではあるけれど、この国自体は大嫌い」

「気が合うわね」

瑜妃は艶然と笑った。

「わたくしも、この国が嫌いなのよ」

《明の星》も彼女に笑いかえす。

「ふふ、わたしたち仲良しだね」

「ええ。嫌いなものが同じで、好きなものも同じだから」

「あ、わたし、小母さんも好きだよ」

「わたくしも、あなたのこと好きよ」

軽く言いあって、また微笑みあう。

「それで、この話はどこに着地するのかな？」

「わたくしね、商売に手を出そうと思っているの。というか、もう出している」

「そうなんだ」

《明の星》はさして驚かなかった。むしろそう言われて、向いているなと納得すらしてしまった。

「小母さんだったら成功するんじゃないかな。それでなにを取り引きしているの？」

瑜妃は朱唇を短く動かす。

「国」

「……へえ、国」

《明の星》は是とも否とも答えず、ただ瑜妃の言うことを復唱するにとどめた。

「この国よ。わたくし、売国奴と言われてもいい。ううん、そう呼ばれるくらいなら、こんな国、うんと高く切り売りしてやる」

「そう、頑張ってね」

彼女の頭と胆力なら、なにをしても成功するだろう。逆に、向いていないことはあるのだろうか。

「で、ね、《明の星》。どう、この国を買わない？」

しばしの沈黙のあと、《明の星》はにやりと笑った。

「へえ、光栄だな。どうしてわたしを買い手に選んだの？」

「いろいろあるけれど……なによりあなたが、わたくしの子を裏切らないからよ」

「なるほど」

頷《うなず》いて、《明の星》は少し考える素振りを見せる。

「どう？」

返事を促す瑜妃に、《明の星》はしれっと言った。

「お手ごろの価格じゃないと、買う気になれないな」

あとがき

本日があとがきの締め切りです。

ですが！　まったく！　なにも思いついていません。

まあ、しかし、数時間後の私はちゃんとやり遂げてくれるでしょう。

退勤後自宅のパソコンの前に座し、セキュリティ更新が始まったのをいいことに、スマホで来年の福袋情報を検索しはじめ、時刻は十八時二十一分。編集担当さんからのメール通知が表示されました。

メール自体は十七時四十八分に届いているのに、通知のこの微妙なタイムラグはいったいなんなんでしょうね。件名は「捨てられ皇子と冬の明星カバーイラストラフご確認のお願いです」とのこと。メール本文の絶賛のお声に胸を弾ませながら、添付ファイルを開いてみると、めいさい先生の素敵なイラストが！

ああ、この興奮のいきおいのままあとがきを書こう！　と思って、再起動が終わった直後でやけに動作が遅いパソコンに向かっています。

そして、これはあとがきではなく、素敵なイラストを見た喜びを綴《つづ》っているだけだな、という事実に気づいてバックスペースキーをぺぺぺと押したのが現在、十八時三十八分。

しかしですね、あとがきといってもなに書いてもネタバレになりそうなんですもの。

どうしましょうね。

強いて書けることといえば、今作は世界観も時代も前作と同じで、前作舞台になった駝《だ》伽《か》の宗主国を取り巻く物語です。

実は続かないかな〜と思っていたので、今作を書くことになってだいぶ焦った結果、主人公まったく別の子たちにしたいです！　という提案を受けいれてくださったL文庫編集部さまに感謝……。

ですので、前作の登場人物は地の文で多少触れてはいますが、実際には一人しか出ていません。

あとは、ボーイミーツガールの物語ではないこと。マザコンと美女と執念深いおじさんが出てくること。

大国を主人公に、正義にする物語ではなく、押さえつけられている側から大国を見るというシリーズのコンセプトを、今作でだいぶ示すことができたと思います。

……意外に書けましたね。

このデータを、編集担当さんへの返信メールに添付しようと思います。時刻は十八時五十四分。
あらいやだ、また再起動だわ。

二〇二四年十一月五日

雪村花菜

富士見Ｌ文庫

流《りゅう》蘇《そ》の花《はな》の物語《ものがたり》

捨《す》てられ皇子《おうじ》と冬《ふゆ》の明星《みょうじょう》

雪村《ゆきむら》花菜《かな》

2025年１月15日　初版発行

発行者　山下直久
発　行　株式会社 KADOKAWA
〒102-8177　東京都千代田区富士見2-13-3
電話　0570-002-301（ナビダイヤル）

印刷所　株式会社暁印刷
製本所　本間製本株式会社
装丁者　西村弘美

定価はカバーに表示してあります。

●お問い合わせ
https://www.kadokawa.co.jp/（「お問い合わせ」へお進みください）
※内容によっては、お答えできない場合があります。
※サポートは日本国内のみとさせていただきます。
※Japanese text only

ISBN 978-4-04-075768-1 C0193